LOS MEJORES CUENTOS DE CIENCIA FICCIÓN

Autores Varios

LOS MEJORES CUENTOS DE
CIENCIA FICCIÓN

Colección
LOS MEJORES CUENTOS DE...

© MESTAS EDICIONES, S.L.
Avda. de Guadalix, 103
28120 Algete, Madrid
Tel. 91 886 43 80
Fax: 91 886 47 19
E-mail: info@mestasediciones.com
www.mestasediciones.com
http://www.facebook.com/MestasEdiciones
http://www.twitter.com/#!/MestasEdiciones
© Derechos de Traducción: Mestas Ediciones, S.L.
Correcciones: L.T.

Director de colección: J. M. Valcárcel

Ilustración de cubierta bajo licencia Shutterstock,
Autor: Alaver

Primera edición: *Octubre, 2022*
Segunda edición: *Abril, 2023*

ISBN: 978-84-18765-23-0
Depósito legal: M-19862-2022
Printed in Spain – Impreso en España

INTRODUCCIÓN

Ciencia ficción es imaginación, es creer en lo imposible hoy. No ayer, no mañana, sino en el presente, en el aquí y ahora. Es creer en extraterrestres, en monstruos, en tecnología que va más allá del entendimiento humano…, es creer en vidas o mundos paralelos, en nuestro poder de conquistar el espacio lejano e infinito, en que algún día seremos capaces de hacer todos nuestros sueños realidad… En definitiva, la ciencia ficción es creer en todo aquello irrealizable bajo el prisma de la actual razón humana. Es «responder a preguntas que no tienen respuesta hoy», como diría Ursula K. Le Guin, «es una inmensa metáfora» que va directa a nuestro subconsciente y nos habla de algo que conocemos, aunque no lo conozcamos.

«Son las preguntas que no podemos responder las que nos enseñan más. Nos enseñan cómo pensar. Si le das a un hombre una respuesta, lo único que gana es un pequeño hecho. Pero dale una pregunta y buscará sus propias respuestas. »

Frank Herbert

¿Qué diferencia hay entre literatura fantástica y de ciencia ficción? Ambas se ocupan de presentarnos pasados o futuros hipotéticos, donde nos hacen imaginar a los lectores otros mundos alternativos. La primera, que existe desde siempre, desde el principio de los tiempos, idealiza una realidad que jamás se cumplirá, fantasea, es decir, hace real lo que nunca será físicamente posible; mientras que la segunda, que es relativamente reciente, pues nació bien entrado el siglo XIX y predice, se ocupa de representar esa misma realidad aunque de una manera que podría producirse solo si las condiciones científicas y humanas evolucionasen de tal manera que la hiciesen factible. Esa es la razón por la cual esta temática suele centrarse en el avance tecnológico como eje primordial de su estructura dramática. Philip K. Dick lo expresó de esta manera: «La fantasía trata de aquello que la opinión general considera imposible: la ciencia ficción trata de aquello que la opinión general considera posible bajo "determinadas circunstancias"». Y es verdad, esta afirmación pone los puntos sobre las íes; sin embargo, es tan fino el hilo que separa ambas tendencias que no es de extrañar que la mayoría de los mortales embarullemos ambos géneros en nuestra cabeza al hablar de ellos, dado que mezclan estilos y subtemáticas de forma habitual. Aun así, asociaríamos más con la fantasía los hechos sobrenaturales, la mitología (*El Señor de los Anillos*, de J.R.R. Tolkien, por ejemplo), y con la ciencia ficción las crónicas distópicas, viajes en el tiempo y los entornos con fuerte base científica y tecnológica (como *Yo, Robo*t, de Isaac Asimov o *Dune*, de Frank Herbert). No obstante, en la actualidad se pueden observar con facilidad estas distinciones en el libro que nos ocupa, donde recopilamos obras maestras de la ciencia ficción más antigua, de la mano de algunos de los pioneros de esta temática, aunque las líneas que separan ambos géneros no son tan fáciles de diferenciar. Por eso los relatos que se incluyen en estas páginas toman lo mejor de ambos mundos, el fantástico y el de la ciencia ficción. Eso nos deja una excelente selección con piezas tan recomendadas como *El hombre de cristal*, *El reloj que marchaba hacia atrás*, *El hombre más capaz del mundo* y *El hombre sin cuerpo*, de Edward Page Mitchell, *El artista de lo bello*, de Nathaniel Hawthorne, *Los otros dioses* y *Lo innombrable*, de H. P. Lovecraft, *El mundo del hombre ciego* y *A quien pueda llegarle este escrito*, de Edward Bellamy y *Horror en las alturas*, de Arthur Conan Doyle.

«El lector de ciencia ficción pilla las ideas por anticipado, y tiene una actitud diferente hacia lo que lee. Sabe que el mundo va a desplegarse delante de él, y espera a conocer las reglas. Un académico dice inmediatamente: «¿Qué quiere decir con dos lunas?, ¿Qué simboliza esto?, ¿Está el personaje loco?». Porque la realidad, para el académico, no se cuestiona. Busca la metáfora. Y trata de leer metafóricamente lo que en la ciencia ficción se presenta de forma literal. La ciencia ficción sigue llena de metáforas, pero se presenta alegóricamente, con objetivos en la historia. El académico no está intelectualmente preparado. Mientras que el lector de ciencia ficción está preparado para leer tanto la ficción académica como la ciencia ficción.»

Orson Scott Card

Y dicho esto, esperamos que disfrutes de esta sesión de «literatura de anticipación», en la que se crean escenarios que invitan a la reflexión filosófica y social, y donde entran a debate el destino de la humanidad y los peligros a los que puede enfrentarse el hombre en la posteridad.

El editor

«Los Libros contienen en su interior la sabiduría recopilada de la humanidad, el conocimiento colectivo de los pensadores del mundo, la diversión y la excitación construida por la imaginación de la gente brillante. Los libros contienen humor, belleza, ingenio, emoción, pensamiento y de hecho, toda la vida. La vida sin libros está vacía.»

Terry Pratchett

EL HOMBRE DE CRISTAL

Edward Page Mitchell

I

Giraba corriendo hacia la Quinta Avenida desde una de las calles que la cruzan cerca del viejo depósito de agua a las 10:15 de la noche del 6 de noviembre de 1879, cuando me topé con un hombre que venía en dirección contraria a la mía.

La esquina estaba oscura y no pude distinguir a la persona con quien tuve el honor de chocar. Pero antes de haber podido recuperarme totalmente de aquel golpe, el instinto de una inteligencia como la mía, acostumbrada a la deducción, me había provisto de ciertos datos al respecto: el hombre pesaba más que yo y tenía unas piernas más sólidas, aunque su estatura era exactamente ocho centímetros menor que la mía. Llevaba un sombrero de copa, una capa de un tupido paño de lana y unos chanclos. Frisaba los treinta y cinco, había nacido en Estados Unidos y se había educado en una universidad alemana, puede que Heidelberg, quizá Friburgo. Era de temperamento con tendencia a la precipitación, lo cual no obstaba para que fuese de trato considerado y cortés. No se hallaba totalmente en paz con la sociedad y en su vida o en su actual premura había algo que deseaba ocultar.

¿Cómo podía saber todo aquello sin siquiera haber visto al desconocido y con solo una palabra proferida por sus labios? Bien, sabía que era más corpulento y estaba mejor asentado sobre sus pies que yo porque él fue quien me lanzó hacia atrás. Sabía que mi estatura era de ocho centímetros más que la suya, pues la punta de mi nariz aún vibraba por el contacto con el ala dura y afilada de su sombrero. La mano que había levantado yo sin querer se había introducido bajo el borde de su capa. Calzaba zapatos de caucho, ya que no había oído sus pisadas. Para un oído atento y entrenado, el tono de voz indica la edad con la misma claridad que las arrugas de un rostro se lo indican a la vista.

En un primer instante de exasperación por mi torpeza, el desconocido había soltado un ¡Och!, exclamación que solo se le ocurriría en tal ocasión a un alemán. Sin embargo, la pronunciación de aquel vocablo gutural me indicó que quien hablaba de este modo era un norteamericano que había vivido en Alemania, no lo contrario, y que había recibido su educación alemana al sur del Meno.[1] Por otra parte, incluso al expresar rabia, se notaba el acento del caballero y del erudito. El caballero no tenía una especial prisa, pero por algún motivo deseaba mantenerse de incógnito. Esa conclusión se desprendía del hecho de que se hubiese agachado para recoger mi paraguas y devolvérmelo tras escuchar en silencio mi disculpa, y de que reanudase su camino con el mismo silencio con que había aparecido.

Para mí es una cuestión de honor comprobar mis conclusiones cuando es posible. Así pues, volví a la calle transversal y seguí al desconocido hacia una farola situada media manzana más adelante. Mi desventaja no superaba los cinco segundos. No podía haber tomado otro camino, ni existía ningún otro. No se había abierto o cerrado ninguna puerta a lo largo de nuestro camino. Sin embargo, cuando llegamos a un lugar iluminado, no estaba la silueta que debería haberse perfilado delante de mí. No se veían ni al hombre ni a su sombra. Corrí

[1] Río de Alemania que discurre por el sur bañando ciudades como Fráncfort y que es el principal afluente del Rin.

tanto como pude para alcanzar la siguiente farola de gas y me detuve a escuchar bajo la luz.

La calle parecía desierta. Los rayos amarillentos solo se adentraban unos pasos en las tinieblas. No obstante, sí se veían los escalones y el vestíbulo de la casa de piedra marrón que se levantaba frente a la farola. Los números dorados sobre la puerta eran visibles y reconocí el edificio porque la cifra me resultaba familiar. Mientras aguardaba bajo la farola, pude oír un leve ruido sobre los escalones y el chirrido sordo de una llave en una cerradura. La puerta del vestíbulo de la casa se abrió lentamente para cerrarse a continuación de un portazo cuyo eco retumbó en la calle. Un segundo después se oyó el ruido de la puerta interior al abrirse y cerrarse. Nadie había salido. Si podía fiarme de mis ojos, nadie había entrado a solo tres metros de mí y a plena luz.

Vista la falta de material para aplicar un proceso deductivo preciso, me quedé un buen rato haciendo descabelladas conjeturas sobre la naturaleza de aquel curioso suceso. En ese momento, tuve esa vaga sensación que se apodera de nosotros ante lo inexplicable y que tanto se parece al miedo. Fue un alivio oír unos pasos en la acera de enfrente y, al girarme, ver a un agente de policía que jugueteaba con su porra negra mientras me observaba atentamente.

II

Como decía, la casa de color marrón cuya puerta se abrió y cerró a medianoche sin que mediase acción humana alguna me era más que familiar. Había salido de ella unos diez minutos antes, tras pasar una agradable velada con mi amigo Bliss y su hija Pandora. Era uno de esos edificios en los que cada piso es un apartamento. El segundo piso o apartamento lo había ocupado Bliss desde que volvió del extranjero, esto es, hacía doce meses. Yo apreciaba a Bliss por sus excelentes cualidades humanas, pese a que su mente deplorablemente ilógica y acientífica me inspiraba una gran piedad, y adoraba a Pandora.

Que el lector sea amable y comprenda que mi admiración por Pandora Bliss no albergaba esperanzas y se había resignado a no tenerlas. En nuestro círculo de amistades imperaba el acuerdo tácito de que debía respetarse en todo momento la especial circunstancia de la joven de estar casada con un recuerdo. La queríamos con serenidad y sin pasión, lo bastante como para alimentar su coquetería sin herir la endurecida superficie de su corazón de viuda. Pandora, por su parte, se conducía con modestia. Sus suspiros no eran demasiado obvios cuando la cortejábamos y controlaba tan bien sus coqueteos que podía cortarlos cuando evocaba sus queridos y tristes recuerdos.

Creíamos apropiado expresarle su deber de olvidar el pasado muerto como si fuese un libro cerrado, pues era joven y bella, e instarla con respeto a que regresase a la vida y a la jovialidad. Pero considerábamos inadecuado insistir en el tema cuando ella replicaba que eso era absoluta y definitivamente imposible. Ignorábamos los detalles del trágico episodio de la experiencia europea de la señorita Pandora. Se sabía vagamente que, estando en el extranjero, había amado a un hombre que jugó con sus sentimientos, desapareció después y la dejó ignorante de su destino y con un perpetuo remordimiento por su errática conducta.

Bliss me había dado algunos datos sueltos sin suficiente congruencia para hacerme una idea de la historia. No existían motivos para creer que el enamorado de Pandora se hubiese suicidado. Se llamaba Flack y era un científico. Bliss creía que era un estúpido y, según su opinión, Pandora era otra estúpida al suspirar por él. Bliss opinaba que todos los científicos eran más o menos estúpidos.

III

Aquel año asistí a la cena de Acción de Gracias con los Bliss. Durante la velada quise asombrar a los invitados narrando mi misterioso encuentro nocturno con el desconocido. Pero mi relato no obtuvo el resultado apetecido. Dos o tres personas cambiaron miradas expresivas. Pandora, que se hallaba desacostumbradamente meditabunda, escuchaba con aparente indiferencia. Su padre, con su incapacidad para comprender nada fuera de lo común, se rio abiertamente y llegó a cuestionar mi integridad como observador de fenómenos sobrenaturales. Enojado y quizá con mi fe en los milagros un poco vapuleada, me disculpé por retirarme temprano. Pandora me acompañó hasta la puerta.

—Su relato ha captado mi atención de un modo curioso —me dijo—. Yo también podría hablar de sucesos extraños dentro y alrededor de la casa que lo sorprenderían. Y creo que su naturaleza no me resulta del todo extraña. El triste pasado empieza a arrojar un rayo de luz, pero no nos precipitemos. Trate de indagar más a fondo. Hágalo por mí.

La joven suspiró al desearme las buenas noches. Me pareció oír un segundo suspiro más hondo, demasiado nítido para que fuese un eco. Empecé a bajar las escaleras. Había descendido media docena de escalones cuando sentí una mano masculina en mi hombro. Al principio creí que Bliss me había seguido hasta el vestíbulo para disculparse por su grosería. Me giré para recibir su amistosa disculpa, pero allí no había nadie. La mano me tocó de nuevo el brazo y me estremecí de temor pese a mis ideas filosóficas. Esta vez la mano me tiró de la manga de la chaqueta, como invitándome a subir las escaleras. Subí uno o dos escalones y la presión en mi brazo se alivió.

Me detuve y la silenciosa invitación se repitió con una angustia que no dejaba dudas sobre sus deseos. Juntos subimos las escaleras. Aquella presencia abría la marcha y yo la seguía. ¡Qué trayecto tan alucinante! Los tramos estaban brillantemente iluminados con luz de gas. Pero yo no veía a nadie en la escalera más que a mí. Cerrando los ojos, la ilusión, si pudiese llamarse así, era perfecta. Podía oír, delante de mí, el crujido de las escaleras, las pisadas suaves pero audibles, sincronizadas con las mías, y hasta la respiración regular de mi acompañante y guía. Al extender el brazo podía rozar con los dedos el borde de su ropa: una pesada capa de lana ribeteada de seda.

Entonces abrí los ojos, que me confirmaron nuevamente que estaba completamente solo. Se me presentó entonces este dilema: cómo saber si la visión me estaba engañando, mientras que mis sentidos del oído y el tacto me daban indicios correctos, o si, por el contrario, mis oídos y mis dedos mentían y mis ojos decían la verdad. ¿Quién podría ser el árbitro cuando los sentidos se contradicen? ¿El raciocinio? La razón se decantaba por reconocer la presencia de un ser inteligente, cuya existencia negaban en redondo los sentidos más dignos de confianza. Llegamos al piso superior del edificio. La puerta que daba acceso al salón principal se abrió delante de mí sin que hubiese nadie para hacerlo.

Una cortina en el interior pareció descorrerse sola y mantenerse apartada el tiempo suficiente para entrar a un apartamento, cuyo interior mostraba el buen gusto y los hábitos de un erudito. Ardía un fuego de troncos en el hogar y las paredes estaban cubiertas de libros y cuadros. Las butacas eran amplias y acogedoras. No había nada misterioso o aterrador en la habitación, nada que contradijese unos muebles corrientes y molientes.

Mi mente ya estaba libre de los últimos restos de la sospecha de un fenómeno sobrenatural. Quizá estos fenómenos tuviesen una explicación racional y solo me faltaba una clave para interpretarlos. La conducta de mi invisible anfitrión revelaba un talante amistoso. Pude observar con calma una serie de manifestaciones de energía por parte de algunos objetos inanimados, al margen de cualquier acción humana. Para empezar, una amplia butaca se desplazó desde un rincón de la habitación y se arrimó a la chimenea. Luego un sillón Reina Ana de respaldo cuadrado salió de otro rincón y avanzó hasta detenerse frente al primero.

Una mesita de tres patas se elevó levemente sobre el piso y ocupó el espacio entre las dos butacas. Un grueso volumen en octavo se retiró, dejó su lugar en el estante y flotó con calma por el aire a una altura de un metro o algo más para posarse delicadamente en la mesa. Una pipa de porcelana exquisitamente pintada abandonó su soporte en la pared y se unió al volumen. Una petaca de tabaco saltó desde la repisa de la chimenea. La puerta de un gabinete giró sobre sus bisagras y un decantador de vino y un vaso iniciaron juntos un viaje para llegar simultáneamente a su destino. Todos los objetos de la habitación parecían animados por el espíritu de la hospitalidad.

Me acomodé en la butaca, llené el vaso de vino, encendí la pipa y examiné el volumen. Era el *Handbuch der Gewebelehre*,[2] de Bussius, de Viena. Una vez que lo hube depositado en la mesa, se abrió en la página 443.

—No está nervioso, ¿verdad? —dijo en tono perentorio una voz situada a poco más de un metro de mi tímpano.

[2] Manual de la ciencia de los tejidos.

IV

La voz me era conocida. Era la que había oído en la calle, la noche del 6 de noviembre, cuando había exclamado ¡Och!

—No —dije—. No estoy nervioso. Soy un hombre de ciencia. Estoy acostumbrado a considerar que todos los fenómenos son explicables mediante las leyes naturales siempre que podamos descubrirlas. No, estoy tranquilo.

—Entonces mejor así. Es usted un hombre de ciencia, como yo —la voz parecía teñida de dolor—, un hombre valiente y amigo de Pandora.

—Discúlpeme —tercié—. Ya que se menciona a una dama, quisiera saber con quién o qué estoy hablando.

—Eso es precisamente lo que deseo decirle —repuso la voz— antes de pedirle que me haga un gran favor. Me llamo o me llamaba Stephen Flack. Soy o he sido ciudadano estadounidense. Mi actual estado legal es un misterio tan grande para mí como quizá lo sea para usted. Pero soy o era un hombre honesto y un caballero, y le ofrezco mi mano.

No vi mano alguna, pero extendí la mía y sentí la presión de unos dedos cálidos y llenos de vida.

—Bien —prosiguió la voz tras este silencioso pacto de amistad—, sea tan amable de leer el pasaje de la página por la que he abierto el libro que estaba en la mesa.

He aquí una traducción aproximada de lo que leí en alemán:

Dado que el color de los tejidos orgánicos que constituyen el cuerpo humano depende de la presencia de ciertos principios inmediatos de tercera clase, uno de cuyos elementos esenciales es el hierro, se deduce que la tonalidad puede variar según modificaciones químico-fisiológicas bien definidas. El exceso de hematina en los glóbulos de la sangre dará un color más rojizo a cada tejido. La melanina, que da el color al coroideo del ojo, al iris y al cabello, puede aumentar o reducirse según leyes recientemente formuladas por Scharcht, de Basilea. En la epidermis, el exceso de melanina produce la piel negra y su deficiencia es responsable del albinismo. La hematina y la melanina, junto con la biliverdina de color gris-amarillento y la urocacina de color rojo-amarillento, son los pigmentos que dan los rasgos del color a los tejidos, los cuales serían transparentes o casi transparentes de otro modo. Lamento mi incapacidad para registrar el resultado de ciertos experimentos histológicos sumamente interesantes llevados a cabo por el infatigable investigador Froliker, que tuvo éxito al tratar de separar la decoloración rosada del cuerpo humano por medios químicos…

—Durante cinco años —prosiguió mi invisible compañero cuando concluí la lectura— fui alumno y ayudante de laboratorio de Froliker, en Friburgo. Bussius conjeturó solo a medias la importancia de nuestros experimentos. Obtuvimos resultados tan asombrosos que las autoridades exigieron que quedasen ocultos incluso para el mundo científico. Froliker murió. El pasado mes de agosto hizo un año. Tenía mucha fe en el genio de este gran pensador y hombre admirable. Si me hubiese recompensado mi incuestionable lealtad con su confianza, yo no sería ahora un pobre despojo humano. Pero su natural reservado y los celos profesionales con los que todos los eruditos guardan sus resultados no comprobados me dejaron in albis sobre las fórmulas esenciales que regían nuestros experimentos.

»Como discípulo suyo conocía los detalles concretos de los trabajos, pero mi maestro era el único poseedor del secreto fundamental. Por eso tengo que soportar una desgracia más terrible que las desgracias que cualquier otro ser humano pueda haber sufrido desde que Dios maldijo a Caín. Al principio, tratamos de ampliar y variar la cantidad de materia pigmentaria en el sistema. Por ejemplo, al aumentar la proporción de melanina transportada desde el alimento a la sangre, pudimos hacer de un hombre rubio un moreno, y de un moreno un negro africano. Casi no había tono que no pudiésemos dar a la piel, modificando y variando nuestras combinaciones.

»Los experimentos solíamos probarlos conmigo. En varias ocasiones fui de color cobrizo, azul violeta, carmesí y amarillo-cromo. Durante una semana mi cuerpo mostró todos los colores del arcoíris, y sigue quedando un testigo de la curiosa índole de nuestra labor durante este período.

La voz hizo una pausa y segundos después sonó una campanilla de mano que estaba sobre la repisa. Al instante entró arrastrando los pies un anciano con un casquete ceñido.

—Kaspar, enséñale el pelo a este caballero —ordenó la voz en alemán.

Sin mostrarse sorprendido, como si estuviese ya acostumbrado a recibir órdenes desde el espacio vacío, el anciano criado hizo una reverencia y se quitó el casquete. Los escasos mechones que quedaron al descubierto eran de un brillante verde esmeralda. No pude evitar una exclamación de asombro.

—El caballero cree que tienes un pelo muy bonito —dijo la voz en alemán—. Eso es todo Kaspar.

Tras ponerse de nuevo el casquete, el criado se retiró con una expresión de vanidad satisfecha en el rostro.

—El viejo Kaspar era el criado de Froliker y ahora es el mío. Fue el sujeto de una de las primeras aplicaciones del proceso. El buen hombre quedó tan satisfecho con el resultado que no quiso que devolviésemos el color original a su pelo. Es un alma fiel y mi único intermediario y representante ante el mundo visible.

»Vayamos a la historia de mi desgracia —prosiguió Flack—. El gran histólogo con quien tuve el honor de asociarme dirigió su atención hacia otra rama de la investigación, más interesante si cabe. Hasta entonces solo había tratado de aumentar o modificar los pigmentos de los tejidos. Comenzó una serie de experimentos buscando la posibilidad de eliminarlos completamente del sistema mediante la absorción, la exudación y el uso de los cloruros y otros agentes químicos que actúan sobre la materia orgánica. ¡Y el éxito fue total!

»Me sometí de nuevo a los experimentos supervisados por Froliker, que solo me contó lo imprescindible sobre el secreto del proceso. Durante semanas permanecí en su laboratorio sin ver a nadie y sin que me viesen, salvo el profesor y su fiel Kaspar. Herr Froliker actuaba con cautela, examinando de cerca el efecto de cada nueva prueba y avanzando gradualmente. Nunca llegaba tan lejos en un experimento como para que fuese imposible deshacer lo hecho. Siempre dejaba un camino fácil para retroceder. Por eso me sentía seguro en sus manos y me sometía a lo que me pidiese.

»Gracias a los preparados blanqueadores que el profesor me había administrado en combinación con detergentes muy eficaces, me puse pálido al principio, blanco, incoloro como un albino, pero sin que se resintiese mi salud. Mi cabello y mi barba parecían lana de vidrio y mi piel era como el mármol. El profesor estaba satisfecho con los resultados y decidió no continuar, así que me devolvió a mi color normal.

»En el siguiente experimento y en los posteriores, permitió que sus agentes químicos se afirmasen más en los tejidos de mi cuerpo. Me puse blanco como un hombre que no se ha expuesto al sol e incluso ligeramente translúcido, como una estatuilla de porcelana. Después detuvo sus experimentos y me devolvió mi color natural, permitiéndome ir al exterior. Dos meses después era más que translúcido. Quizá haya visto usted esos animales marinos como la medusa, cuyos contornos son casi invisibles para el ojo humano. Pues yo era en el aire lo mismo que la medusa en el agua. Era casi del todo transparente, solo si me miraba de cerca el viejo Kaspar podía descubrir dónde estaba en la habitación cuando venía a traerme comida. Kaspar atendía mis necesidades cuando debía permanecer encerrado.

—Pero ¿y su ropa? —pregunté interrumpiendo la narración de Flack—. Deben haber destacado sobre el cuerpo.

—¡Ah, no! —dijo Flack—. El espectáculo de un traje en apariencia vacío moviéndose por el laboratorio era demasiado grotesco hasta para el serio profesor. Para proteger su seriedad tuvo que desarrollar un método para aplicar su proceso a la materia orgánica inerte, la lana de mi capa, el algodón de mis camisas y el cuero de mis zapatos. Así quedé vestido como ahora.

»En aquella etapa de nuestros experimentos, cuando ya había logrado una transparencia casi total y, por ello, una invisibilidad completa, conocí a Pandora Bliss. Un año antes, en julio, en uno de los intervalos de nuestros trabajos, en un momento en que aún tenía mi aspecto natural, fui a la Selva Negra para recuperarme. Conocí y admiré a Pandora por primera vez en la aldehuela de San Blasino. Ellos venían de los saltos del Rin e iban de viaje hacia el norte. Yo cambié mi viaje y también fui al norte. En la Posada Stern me enamoré de Pandora y en el pico del Feldberg ya la quería con locura. En el Hollenpass estaba dispuesto a sacrificar mi vida por una palabra agradable de sus labios. Estando sobre el Hornisgrinde le supliqué que me dejase arrojarme desde la cima de la montaña hacia las tenebrosas aguas del Mummelsee como prueba de mi devoción hacia ella.

»Ya conoce a Pandora, así que no es preciso que trate de disculpar mi obsesión cada vez mayor. Ella coqueteó conmigo, se rio, paseó en carruaje, recorrimos juntos los senderos por los verdes bosques, subimos cuestas tan empinadas que hacerlo juntos era un abrazo delicioso y prolongado. Habló de la ciencia y los sentimientos. Supo de mis esperanzas y mi entusiasmo. Me humilló, me trató con desprecio, me volvió loco a su dulce antojo, todo mientras el positivista de su padre daba cabezadas en los salones de las posadas leyendo los artículos financieros de los últimos periódicos de Nueva York. Pero ni siquiera hoy sé si realmente me amaba. Cuando el padre de Pandora supo a qué me dedicaba y mis perspectivas futuras, decidió cortar nuestro dulce idilio. Supongo que me consideraba como a los prestidigitadores profesionales y a los charlatanes de feria. Traté en vano de explicarle que sería famoso y probablemente, rico.

—Cuando sea usted famoso y rico —observó con una sonrisa—, me agradará mucho verlo en mi oficina de Broad Street.

Se llevó a Pandora a París y yo volví a Friburgo.

Pocas semanas después, una brillante tarde de agosto, estaba en el laboratorio de Froliker, invisible ante cuatro personas casi al alcance de mi mano. Kaspar estaba detrás de mí, lavando unas probetas con una sonrisa orgullosa en el semblante, Froliker miraba fijamente el lugar donde sabía que estaba yo. Dos profesores colegas, convocados con algún pretexto, me empujaban sin saberlo con los codos, mientras discutían no sé qué nimiedades. Podrían haber oído los latidos de mi corazón, estoy seguro.

—A propósito, Herr Profesor —preguntó uno de ellos a punto de irse— ¿ha vuelto ya de sus vacaciones su ayudante, Herr Flack?

La prueba había sido un éxito. En cuanto estuvimos a solas, el profesor Froliker sujetó mi mano invisible, como lo hizo usted esta noche. Estaba de un humor excelente.

—Mi querido amigo, mañana terminará nuestra tarea —dijo—. Aparecerá usted o, mejor dijo, no aparecerá ante la asamblea plenaria de la universidad. He enviado invitaciones por telégrafo a Heidelberg, a Bonn y a Berlín. Schrotter, Haeckel, Steinmetz y Lavallo estarán allí. Nuestro triunfo tendrá lugar en presencia de los físicos más eminentes de nuestro tiempo. Entonces revelaré los secretos de nuestro proceso, esos que he mantenido en secreto hasta ahora incluso para usted, mi colaborador y amigo de confianza. Pero usted compartirá mi gloria. ¿Qué es eso que he oído sobre un pajarillo que ha volado? Hijo mío, pronto tendrá pigmento suficiente y podrá ir a París a buscarla llevando la fama en sus manos y las bendiciones de la ciencia sobre su cabeza.

A la mañana siguiente, 19 de agosto, antes de que me levantase de mi catre, Kaspar entró corriendo en el laboratorio.

—¡Herr Flack! ¡Herr Flack! —dijo con voz entrecortada—. Herr Profesor acaba de fallecer de una apoplejía.

V

El relato había tocado su fin. Me quedé sentado, pensando en lo que había oído. ¿Qué podía hacer? ¿Qué podía decirle? ¿Cómo podría consolar a aquel desdichado?

Flack, invisible, sollozaba con amargura. Fue el primero en hablar:

—¡Es cruel, muy cruel! Sin haber cometido ningún crimen ante los ojos humanos, ningún pecado ante la vista de Dios, estoy condenado a un destino mil veces peor que el infierno. Debo caminar sobre la Tierra como un hombre que vive, ve y ama como los demás mientras que se levanta una barrera para toda la eternidad entre mi persona y todo lo que hace que la vida merezca la pena. Hasta los fantasmas tienen forma. Mi vida es una muerte en vida; mi existencia, el olvido eterno.

Ningún amigo puede mirarme a la cara. Si estrechase contra mi pecho a la mujer que amo, le inspiraría un inefable terror. La veo casi a diario. Rozo sus vestidos cuando paso junto ella en las escaleras. ¿Me amaba? ¿Me ama? Si lo supiese, ¿no sería mi maldición más cruel todavía? Pero si lo he traído aquí es para averiguar la verdad.

Entonces cometí yo el mayor error de mi vida.

—¡Anímese! —dije alegremente—. Pandora siempre lo ha amado.

Cuando vi que la mesa se volcaba bruscamente, comprendí que Flack se había puesto en pie con vehemencia. Sus manos me apretaban los hombros con ferocidad.

—Sí —proseguí—, Pandora se ha mantenido fiel a su recuerdo. No hay motivo para desesperarse. El secreto del proceso de Froliker murió con él, pero ¿por qué no puede ser descubierto de nuevo mediante experimentos y deducciones desde el principio, con la ayuda que usted mismo puede prestar? Tenga valor y esperanza. Ella lo ama. Dentro de cinco minutos lo oirá de sus propios labios.

Jamás había oído un gemido de dolor tan triste como su gozoso grito de júbilo. Bajé corriendo las escaleras para llamar a la señorita Bliss. Le expliqué la situación en pocas palabras. Para mi sorpresa, no se desmayó ni perdió los nervios.

—Claro que lo acompañaré —dijo con una sonrisa que no supe interpretar.

Me siguió hasta el apartamento de Flack y escudriñó con calma cada rincón del salón con una sonrisa congelada en el rostro. No podría haber mostrado más aplomo si hubiese entrado en un elegante salón de baile. No manifestó asombro ni terror cuando le agarró la mano una mano invisible y cuando unos labios que nadie podía ver la cubrieron de besos. Escuchó con calma el torrente de palabras amorosas y acariciadoras que mi desdichado amigo vertía en sus oídos. Asombrado e inquieto, observaba yo aquella escena tan extraña que se desarrollaba delante de mí.

Entonces la señorita Bliss retiró la mano.

—Lo cierto, señor Flack —dijo con una leve risa—, es que usted es bastante demostrativo. ¿Adquirió esa costumbre en Europa?

—Pandora —oí decir—, no entiendo.

—Quizá considere estas efusiones como un privilegio de su invisibilidad —prosiguió ella con calma—. Déjeme que lo felicite por el éxito de su experimento. Su profesor debía ser un hombre inteligentísimo… ¿Cómo se llamaba? Podría amasar usted una fortuna exhibiéndose como un fenómeno.

¿Era aquella la mujer que durante meses había mostrado desconsuelo por la pérdida de este mismo hombre? Yo estaba atónito. ¿Quién puede analizar los motivos de una mujer coqueta? ¿Qué ciencia es lo bastante profunda como para aclarar sus veleidades?

—Pandora —exclamó de nuevo el hombre invisible con voz asombrada—. ¿Qué significa esto? ¿Por qué me recibes así? ¿Es todo lo que tienes que decirme?

—Creo que sí —repuso ella con indiferencia yendo hacia la puerta—. Es usted un caballero y no tengo que pedirle que me ahorre más molestias.

—Su corazón es un témpano —musité cuando pasó a mi lado—. Es indigna de él.

Kaspar acudió al oír el desesperado grito de Flack. Con el instinto adquirido durante años de leal servicio, el anciano fue al lugar donde estaba su señor. Lo vi agarrar algo en el aire como si forcejease con él, tratando de detener al hombre invisible, pero fue arrojado violentamente a un lado. Tras recuperarse, se quedó atento un instante, con el cuello distendido y el rostro pálido. Después salió corriendo de la habitación y fue escaleras abajo. Lo seguí. La puerta de calle estaba abierta. Vi a Kaspar dudar unos segundos en la acera. Finalmente corrió hacia el oeste por la calle, tan deprisa que apenas pude mantenerme a su lado. Era casi medianoche. Cruzamos una avenida tras otra. Un murmullo inarticulado de satisfacción escapó de los labios de Kaspar. Delante de nosotros vimos a un hombre, parado en la esquina de una de las avenidas, que cayó repentinamente al suelo. Seguimos corriendo sin aminorar la velocidad. Podía oír unas rápidas pisadas delante de nosotros. Agarré a Kaspar del brazo y él asintió con la cabeza.

Casi sin aliento, sabía que no pisábamos ya el pavimento, sino que caminábamos sobre tablones, entre una confusión de maderos. Ya no había más luces delante, sino el vacío en tinieblas. Kaspar dio entonces un salto asombroso, agarró algo que se le escapó, cayó de espaldas y profirió un grito de terror.

Se oyó un chapoteo sordo en las tenebrosas aguas del río a nuestros pies.

EL ARTISTA DE LO BELLO

Nathaniel Hawthorne

Un anciano paseaba por la calle con su hermosa hija del brazo y pasó de la oscuridad de la tarde nublada a la luz que bañaba la acera desde el escaparate de una tiendecita. Era un escaparate saledizo. En el interior colgaba una multitud de relojes de oropel, de plata y uno o dos de oro, todos con la esfera de espaldas a la calle, como si no quisiesen informar a los paseantes de la hora. Sentado en la tienda, en diagonal con respecto al escaparate, con el rostro pálido inclinado con aire serio sobre un delicado mecanismo sobre el cual caía el brillo concentrado de una pantalla, había un joven.

—¿Qué estará haciendo Owen Warland? —murmuró el viejo Peter Hovenden, también relojero, ya jubilado, y maestro de ese joven cuya ocupación ahora le intrigaba—. ¿Qué estará haciendo? Hace seis meses que siempre que paso frente a su tienda lo veo igual de atareado que ahora. Con sus tonterías habituales, le quedaría un poco grande buscar el movimiento perpetuo, pero sé lo bastante de la profesión como para estar seguro de que no trabaja en la maquinaria de un reloj.

—Padre —dijo Annie sin mostrar demasiado interés—. Tal vez Owen esté inventando un nuevo tipo de cronómetro. Yo creo que tiene suficiente ingenio para eso.

—¡Bah, niña! No tiene ingenio para crear nada mejor que un muñeco articulado —repuso el padre, que en otras ocasiones se había sentido humillado por el genio irregular de Owen Warland—. ¡Menudo ingenio! Que yo sepa, lo único que ha hecho fue acabar con la precisión de algunos de los mejores relojes de mi tienda. ¡El sol se saldría de su órbita y alteraría el curso del tiempo antes de que su ingenio, como he dicho, pudiese captar algo más importante que un juguete!

—¡Calle, padre! ¡Le está oyendo! —susurró Annie presionando el brazo del anciano—. Sus oídos son tan finos como sus sentimientos y ya sabe lo fácilmente que se alteran. Sigamos andando.

Peter Hovenden y su hija Annie continuaron sin hablar más hasta entrar en una calle secundaria y cruzaron la puerta abierta de una fragua. Dentro estaba la forja, que ahora ardía e iluminaba el techo alto y oscuro, ciñendo su brillo a una estrecha franja del suelo cubierto de carbón, dependiendo de si el fuelle expulsase o tomase aire desde su gran pulmón coriáceo. En los intervalos de brillo se distinguían los objetos de los rincones más apartados del taller y las herraduras colgadas de la pared. En la momentánea penumbra, el fuego parecía brillar en medio de la vaguedad de un espacio abierto.

Moviéndose entre esa sucesión de brillo rojizo y oscuridad surgió la figura del herrero, que debía ser visto bajo ese aspecto pintoresco de luz y sombras, cuando las refulgentes llamas luchaban con la negrura, como si cada una extrajese su fuerza de la otra. Sacó entonces de entre el carbón una barra candente de hierro, la dispuso sobre el yunque, elevó su brazo hercúleo y enseguida se vio rodeado de las chispas que los golpes de su martillo esparcían por la oscuridad reinante.

—Esto sí que da gloria verlo —dijo el viejo relojero—. Yo sé lo que es trabajar con el oro, pero después de decirlo y hacerlo todo, dame a quien trabaja el hierro. Eso es trabajar sobre la realidad. ¿Qué me dices, Annie, hija?

—Por favor, padre, no hable tan alto —susurró Annie—. Robert Danforth va a oírlo.

—¿Y qué si me oye? —repuso Peter Hovenden—. Te repito que es bueno y sano depender de la fuerza y la realidad, ganarse el sustento con el brazo desnudo y fuerte de un herrero. Un relojero confunde su cerebro con los engranajes dentro de una rueda, o pierde la salud o el don de la vista, como me ocurrió a mí, y a una edad mediana o poco después descubre que no puede seguir trabajando en lo suyo y que no vale para otra cosa y, aun así, es demasiado pobre para vivir con holgura. Por eso te lo repito, dame ganarse el sustento principalmente con la fuerza. Además, ¡cómo le roba la sensatez a un hombre! ¿Has oído alguna vez de un herrero tan loco como ese Owen Warland?

—¡Bien dicho, tío Hovenden! —gritó Robert Danforth desde la forja, con una voz llena, profunda y alegre que arrancó ecos en el techo—. ¿Y qué dice la señorita Annie de eso? Supongo que pensará que es más de caballeros arreglar el reloj de una dama que forjar una herradura o una parrilla.

Annie tiró de su padre hacia delante sin darle tiempo a responder. Pero volvamos al taller de Owen Warland y detengámonos en su historia y su carácter más de lo que harían Peter Hovenden, su hija Annie o el antiguo compañero de escuela de Owen, Robert Danforth. Desde que sus deditos pudieron agarrar una navaja, Owen destacó por su fino ingenio, que a veces le permitía tallar bonitas figuras de madera, sobre todo de flores y aves, y otras veces parecía apuntar a los enigmas de los mecanismos. Pero siempre lo hacía buscando la armonía, jamás una pobre imitación de lo útil. Jamás, como solía hacer la masa de artesanos escolares, construía molinillos de viento en la esquina de un granero, o molinos de agua sobre el cauce más próximo.

Quienes descubrieron en él una peculiaridad que los llevase a pensar que merecía la pena observarlo, tenían motivos para suponer en ocasiones que trataba de imitar los bellos movimientos de la naturaleza, como se ejemplifica en el vuelo de las aves o en la actividad de los animalillos. De hecho, parecía una nueva explotación del amor a lo hermoso, que podría haberlo transformado en poeta, pintor o escultor, y que había afinado toda rudeza utilitaria, como habría podido sucederle en cualquiera de las bellas artes. Contemplaba con especial desagrado los procesos rígidos y regulares de la maquinaria corriente. Un día en que lo llevaron a ver una máquina de vapor, creyendo que se vería premiada su comprensión intuitiva de los principios mecánicos, se quedó blanco y se mareó, como si le hubiesen mostrado algo monstruoso y antinatural.

Aquel horror se debió en parte a las dimensiones y la terrible energía del trabajador de hierro, pues el carácter de la mente de Owen era diminuto y, por naturaleza, tendía a lo chico según su estructura pequeña y con la maravillosa menudencia y el delicado poder de sus dedos. No es que su sentido de la belleza se redujese con aquello hasta convertirse en un sentir de lo bonito. La idea de belleza no guardaba relación con el tamaño y también podía desarrollarse en un espacio minúsculo para que solo cupiese una investigación microscópica. Era así tanto como por la amplia distancia que se mide por la separación del arco iris. En todo caso, esta minuciosidad típica de sus objetos y logros hizo que la gente fuese menos capaz aún de apreciar el genio de Owen Warland. Sus familiares no vieron que se pudiese hacer nada mejor que ponerlo de aprendiz de un relojero, tal vez no hubiese nada mejor, esperando que así se pudiese regular su extraño ingenio y sirviese para algo útil.

La opinión de Peter Hovenden sobre su aprendiz ya la conocemos. No podía sacar nada del joven. Es verdad que Owen captó los misterios profesionales con una rapidez inconcebible. Sin embargo, olvidaba o despreciaba el principal objetivo de la profesión de relojero, interesándose por la medición del tiempo tanto como si este se hubiese fundido con la eternidad. No obstante, mientras permaneció bajo el cuidado de su maestro, debido a su falta de fuerza se pudo limitar su excentricidad creativa por medio de órdenes estrictas y una vigilancia estrecha. Sin embargo, apenas terminó el aprendizaje y se hizo cargo del taller que Peter Hovenden tuvo que abandonar por problemas de visión, la gente comprendió que Owen Warland no era la persona idónea para conseguir que el ciego padre Tiempo recorriese su diario devenir.

Uno de sus proyectos más racionales fue conectar un dispositivo musical a la maquinaria de sus relojes, de modo que las duras disonancias de la vida se armonizasen y cada momento pasajero se precipitase hacia el abismo del pasado dentro de doradas gotas armónicas. Si le confiaban la reparación de un reloj familiar —uno de esos relojes altos y antiguos que casi son aliados de la naturaleza humana tras haber medido la vida de varias generaciones—, arreglaría una danza o profesión funeraria de figuras por delante de su venerable esfera, representando doce horas alegres o melancólicas. Varias rarezas de este tipo acabaron con el prestigio del joven relojero para esa clase de personas solemnes y amantes de los hechos que sostienen la opinión de que no se debe jugar con el tiempo, ya que lo consideran el medio de avanzar y prosperar en este mundo o de prepararse para lo que está por venir.

Su clientela disminuyó a ojos vistas, cosa que posiblemente Owen Warland consideró uno de sus mejores accidentes, pues cada vez estaba más absorto en una ocupación secreta que le exigía toda su ciencia y habilidad manual, dando también pleno empleo a las tendencias propias de su ingenio. Llevaba ya varios meses en esa búsqueda.

Después de que el viejo relojero y su hija lo viesen desde la oscuridad de la calle, Owen Warland sintió que el corazón se le desbocaba, lo cual hizo que sus manos temblasen con demasiada violencia como para seguir con la delicada labor que lo ocupaba.

—¡Era Annie! —musitó—. Debería haberlo sabido por estas palpitaciones antes de escuchar la voz de su padre. ¡Ay, cómo late! Hoy no podré volver a trabajar en este mecanismo tan delicado. ¡Annie! ¡Mi querida Annie! Deberías dar fuerza a mi corazón y mi mano en vez de agitarlos así porque mi esfuerzo por dar forma y movimiento al espíritu de la belleza es solo por ti. ¡Ay, corazón, cálmate! Si mi trabajo se ve interrumpido, tendré sueños vagos y ansiosos que harán que mañana me levante sin ánimo.

Mientras trataba de retomar su tarea, se abrió la puerta del taller y entró la figura fornida que Peter Hovenden se había detenido a admirar entre las luces y las sombras de la herrería. Robert Danforth llevaba un pequeño yunque que había fabricado y construido de manera peculiar con sus manos, y que el joven artista le había pedido no hacía mucho. Owen examinó el artículo y dijo que era lo que deseaba.

—Pues claro —contestó Robert Danforth con su vozarrón, que llenaba el taller como el sonido de un violonchelo—. En mi profesión soy como cualquiera, aunque mal me habría ido en la tuya con un puño como este —añadió riendo mientras estrechaba con su manaza la mano delicada de Owen—. ¿Y qué más da? Pongo más fuerza en un golpe del martillo que toda la que tú hayas echado desde que eras aprendiz, ¿no crees?

—Muy probablemente —respondió la voz tenue y queda de Owen—. La fuerza es un monstruo terrenal. Yo no la busco. Mi fuerza, sea la que sea, es espiritual.

—Vale, Owen, pero ¿en qué estás trabajando? —preguntó su viejo compañero del colegio en un tono tan potente que estremeció al artista, sobre todo porque aquello se relacionaba con un tema tan sagrado como el absorbente sueño de su imaginación—. Dicen que estás tratando de descubrir el movimiento continuo.

—¿El movimiento continuo? ¡Bobadas! —contestó Owen Warland con un gesto de desagrado, pues los pequeños malos humores eran habituales en él—. Eso es imposible. Es un sueño que puede engañar a un alguien preocupado por eso, pero no a mí. Además, aunque fuese posible ese descubrimiento, no merecería la pena lograrlo solo para que el secreto se utilizase para los fines a los que sirven ahora el vapor y el poder hidráulico. No deseo que me honren como al padre de un nuevo tipo de máquina de desmotar algodón.

—¡Eso sí que sería divertido! —gritó el herrero con tal carcajada que el propio Owen y las campanas de cristal de su expositor temblaron al unísono—. ¡No, no, Owen! Tus hijos no tendrán nervios y tendones de hierro. Bueno, no te molesto más. Buenas noches, Owen, y suerte. Si necesitas ayuda, como un golpe de martillo en el yunque, aquí estoy.

Y el forzudo salió del taller con otra risotada.

«Qué curioso es que todas mis reflexiones, mis propósitos, mi entusiasmo por lo bello, mi conciencia de la capacidad para crearlo, un poder tan delicado y etéreo que este gigante terrenal no puede concebir, que todo parezca tan vano e inútil cuando se cruza Robert Danforth en mi camino —pensó Owen Warland apoyando la cabeza en su mano—. Si me topase a menudo con él, me volvería loco. Su fuerza bruta y dura oscurece y confunde lo espiritual que hay en mí, pero yo seré fuerte a mi manera. No cederé ante él».

Sacó de una campana de cristal una maquinaria diminuta que colocó bajo la luz concentrada de su lámpara. La contempló a través de una lupa y se puso a trabajar con un delicado instrumento de acero. Sin embargo, poco después apoyaba de nuevo la espalda en la silla y entrelazaba las manos. Su rostro reflejaba tal mirada de horror que sus pequeños rasgos fueron tan impresionantes como los de un gigante.

—¡Cielos! ¿Qué he hecho? —exclamó—. El vapor, el influjo de esa fuerza bruta, me han confundido y oscurecido mi percepción. He dado el golpe fatal que temí desde el principio. Se acabó el trabajo de meses, el objetivo de mi vida. ¡Estoy en la ruina!

Y se quedó sentado, presa de un extraño pesimismo, hasta que su lámpara parpadeó y dejó en tinieblas al artista de lo bello. A menudo las ideas que crecen dentro de la imaginación y en ella parecen tan atractivas, de un valor tan lejos de lo que cualquier hombre puede considerar valioso, se exponen a ser sacudidas y destruidas al contacto con lo práctico. El artista ideal debe poseer una fuerza de carácter apenas compatible con su delicadeza. Debe tener fe en sí mismo mientras el mundo incrédulo lo ataca con su escepticismo. Debe erguirse frente a la humanidad y ser su único discípulo, tanto en relación con su ingenio como con los objetivos que persigue.

Durante un tiempo Owen Warland se rindió ante su prueba severa pero inevitable. Apenas hizo nada durante unas semanas, durante las cuales su cabeza reposaba entre sus manos, tanto que la gente de la ciudad apenas tenía la oportunidad de verle la cara. Cuando finalmente la levantó a la luz del día, se notaba en su expresión un cambio frío, sombrío e inenarrable. Pero según Peter Hovenden y los seres sagaces e inteligentes que creen que la vida debería estar regulada como un reloj con pesas de plomo, el cambio lo había mejorado, pues Owen se aplicó a su profesión con tenacidad.

Daba gusto contemplar la obtusa gravedad con que inspeccionaba los engranajes de un reloj de plata grande y vetusto. Así complacía al propietario en cuya faltriquera se había desgastado hasta que llegó a considerar el reloj una parte de su propia vida y, por lo tanto, se preocupaba mucho por el modo en que lo tratasen. Gracias a la buena fama así adquirida, las autoridades invitaron a Owen Warland a que arreglase el reloj de la torre de la iglesia. Su éxito fue tan admirable en aquel asunto de interés público que los comerciantes reconocieron de pronto sus méritos en la Bolsa. La enfermera susurraba sus alabanzas mientras daba al enfermo su medicina. El amante lo bendecía al llegar la hora de la cita. En general, la ciudad agradeció a Owen la puntualidad de la hora de la cena.

En resumidas cuentas, el peso que sentía sobre su espíritu permitió mantener todo en orden, no solo dentro de su propio sistema, sino en cualquier parte en donde fuese audible el sonido de hierro del reloj de la iglesia. Fue una circunstancia pequeña, aunque propia de su estado actual, que cuando lo llamaron para grabar nombres o iniciales en cucharas de plata escribiese las letras con el estilo más sencillo, omitiendo las florituras caprichosas que hasta entonces habían distinguido su trabajo.

Un día, durante la época de esta feliz transformación, Peter Hovenden acudió a visitar a su antiguo aprendiz.

—Owen, me alegro de oír tan buenas referencias de ti en todas partes, en especial desde lo del reloj de la ciudad, que habla a tu favor las veinticuatro horas del día. Bastaba con olvidarte de tus ideas absurdas sobre lo bello, que ni yo ni nadie, ni siquiera tú mismo, ha podido entender jamás. Solo con quitarte eso de encima tu éxito en la vida está tan asegurado como la luz del día. Si sigues así hasta dejaría que mires este precioso y viejo reloj, pues, aparte de mi hija Annie, no tengo nada en el mundo que valga tanto.

—Casi no me atrevería a tocarlo, señor —contestó Owen en tono medroso, pues lo sobrecogía la presencia de su antiguo maestro.

—Con el tiempo —dijo este último—, con el tiempo serás capaz.

El viejo relojero, con la libertad que nacía naturalmente de su anterior autoridad, inspeccionó el trabajo que tenía Owen entre manos en ese momento, junto con otros que estaba realizando. Mientras, el artista apenas podía levantar la cabeza. Nada había tan contrario a su naturaleza como la perspicacia fría y sin imaginación de aquel hombre, cuyo contacto convertía todo en un sueño salvo la materia más densa del mundo físico. Owen gimió en su espíritu y suplicó que se fuese.

—Pero ¿qué es esto? —gritó Peter Hovenden de pronto levantando una polvorienta campana de cristal debajo de la cual apareció algo mecánico tan delicado y diminuto como la anatomía de una mariposa—. ¿Qué tenemos aquí? ¡Owen! ¡Owen! Estas cadenitas, ruedecitas y paletas son cosa de brujería. ¡Mira! Voy a librarte de todos los peligros futuros con un pellizco de mi índice y pulgar.

—Por el cielo —gritó Owen Warland saltando con energía—. ¡Si no quiere volverme loco, no lo toque! La más ligera presión me arruinaría para siempre.

—¡Ah, joven! ¿Así que es esto? —preguntó el viejo relojero mirándolo con tanta perspicacia que torturaba el alma de Owen con la amargura de las críticas mundanas—. Bueno, sigue tu camino; pero te advierto que en este mecanismo tan pequeño mora tu espíritu maligno. ¿Quieres que lo exorcice?

—Usted es mi espíritu maligno —contestó Owen, nervioso—. ¡Usted es el mundo duro y ordinario! Los pensamientos cargados y la pena que me deja es lo que me atasca. Si no, hace tiempo que habría logrado la tarea para la que nací.

Peter Hovenden sacudió la cabeza con esa mezcla de desdén e indignación que la humanidad, que él representaba en parte, se cree con derecho a sentir hacia quienes buscan un premio distinto a lo que van encontrando a lo largo del camino. Se despidió con un dedo levantado y una mueca en el rostro que acosó los sueños del artista durante varias noches. En el momento de la visita de su viejo maestro, Owen probablemente estaba a punto de retomar la tarea abandonada. Sin embargo, aquel acontecimiento siniestro lo devolvió al estado del que estaba saliendo lentamente.

Sin embargo, la tendencia innata de su alma solo había estado recuperando fuerzas durante su aparente pereza. A medida que avanzaba el verano abandonó casi su negocio y dejó que el padre Tiempo, como lo representaban los relojes de pulsera y pared que tenía bajo su control, fuese al azar por la vida humana, produciendo confusión durante las desconcertadas horas. Según decía la gente, malgastaba el tiempo de luz solar paseando por los bosques y campos y las márgenes de los ríos. Allí se divertía como un crío persiguiendo mariposas u observando el movimiento de los insectos acuáticos. Había algo misterioso en la fijeza con la que contemplaba esos jugueteos cuando retozaban en la brisa, o examinaba la estructura de un insecto imperial que había capturado.

La caza de mariposas simbolizaba bien la persecución ideal a la que había dedicado tantas horas doradas. Pero ¿tendría alguna vez en su mano la idea de lo bello, como sostenía ahora la mariposa que la simbolizaba? Aquellos días fueron dulces y acordes con el alma del artista. Estuvieron llenos de concepciones magníficas que brillaban en su mundo intelectual como las mariposas en la atmósfera exterior y que entonces eran reales para él, sin el trabajo, la perplejidad y las muchas decepciones que sufría al tratar de hacerlos visibles al ojo de nuestros sentidos. Pero por desgracia el artista, ya sea en la poesía o en cualquier material, no puede contentarse con el gozo interior de lo bello, sino que debe perseguir el misterio que aletea más allá de este campo etéreo, y aplastar su frágil ser al captarlo materialmente.

Owen Warland quiso dar realidad exterior a sus ideas de una forma tan irresistible como cualquier poeta o pintor que hayan adornado el mundo de una belleza más oscura y ligera, mal copiada de la plétora de sus visiones.

La noche era ahora su momento para avanzar en la recreación de la única idea a la que dedicaba todo su intelecto. Al acercarse el atardecer, regresaba a la ciudad, se encerraba en su taller y trabajaba con paciente delicadeza durante horas. A veces lo sorprendía la llamada del sereno, que pasaba el haz de su lámpara a través de las grietas de las persianas de Owen Warland cuando todo el mundo debería dormir. La sensibilidad morbosa de su mente le decía que la luz diurna parecía interferir en su búsqueda. Así pues, los días nublados e inclementes se quedaba sentado con la cabeza entre las manos, como si estuviese envolviendo su sensible mente en una nebulosa de meditaciones indefinidas, pues le aliviaba escapar de la claridad aguda con la que debía dar forma a sus pensamientos durante el trabajo nocturno.

Lo arrancó de uno de esos ataques de languidez la entrada de Annie Hovenden, que acudió a la tienda con la libertad de una clienta, pero también con la familiaridad de una amiga de la infancia. Se le había agujereado el dedal de plata y quería que Owen lo reparase.

—Aunque no sé si querrás hacer esa tarea —rio ella— ahora que te absorbe la idea de dotar de espíritu a la maquinaria.

—¿De dónde has sacado esa idea, Annie? —preguntó Owen, sorprendido.

—Pues de mi cabeza —repuso ella—. Y también de algo que te oí decir hace mucho tiempo, cuando eras un crío y yo una niña pequeña. Pero bueno, ¿me arreglarás el dedal?

—Por ti haría lo que fuese, Annie —dijo Owen Warland—. Lo que fuese, aunque tuviese que trabajar en la fragua de Robert Danforth.

—¡Sería digno de verse! —exclamó Annie mirando con imperceptible fragilidad el cuerpo menudo y esbelto del artista—. Bueno, aquí tienes el dedal.

—Qué idea tan descabellada la de espiritualizar una máquina — añadió Owen.

Entonces lo dominó la idea de que la joven poseía el don de comprenderlo mejor que el resto del mundo. Qué ayuda y qué fuerza supondría para él, en su trabajo solitario, si pudiese obtener la simpatía del único ser al que amaba. Las personas que en su búsqueda se aíslan de los asuntos comunes de la vida, quienes van por delante de la humanidad o están separados de ella, a veces experimentan la sensación de un frío moral que hace estremecer su espíritu como si hubiese llegado a las soledades heladas que rodean el Polo. Owen sentía lo que sea capaz de experimentar el profeta, el poeta, el reformista, el malhechor o cualquier otro hombre con anhelos humanos, aunque apartado de la muchedumbre por un destino peculiar.

—¡Annie, cómo me gustaría poder contarte el secreto de mi trabajo! —exclamó palideciendo como la muerte ante aquella idea—. Creo que lo verías correctamente. Sé que lo oirías con un respeto que no puedo esperar del mundo crudo y pedestre.

—¿Que podría hacerlo? ¡Seguro que sí! —dijo Annie Hovenden con una risita—. Venga, explícame qué es este tiovivo trabajado con tanta delicadeza que podría servir de juguete a la reina Mab.[3] ¡Venga! Yo lo pondré en marcha.

—¡Un momento! —exclamó Owen—. ¡Un momento!

[3] Hada diminuta del folclore inglés y que aparece en obras como *Romeo y Julieta* de W. Shakespeare.

Annie había rozado con la mayor ligereza posible, con la punta de una aguja, la parte diminuta de la intricada maquinaria que hemos mencionado varias veces, cuando el artista la asió por la muñeca con una fuerza que le hizo proferir un grito. Ella se asustó por la convulsión de rabia intensa y la angustia que se dibujó en el semblante de Owen. Al instante siguiente, él hundía la cabeza entre sus manos.

—Vete, Annie —murmuró—. Me he engañado yo solo y debo sufrir por ello. Buscaba simpatía y pensé, imaginé y soñé, que podrías dármela; pero no tienes el talismán que permitiría compartir mis secretos contigo, Annie. Ese roce ha acabado con el trabajo de meses y el pensamiento de una vida. ¡No ha sido culpa tuya, Annie, pero me has arruinado!

¡Pobre Owen Warland! Sin lugar a duda había errado, pero podía perdonársele, ya que si algún espíritu humano hubiese podido venerar suficientemente los procesos tan sagrados a sus ojos, debería haber sido una mujer. Posiblemente Annie Hovenden no lo habría desilusionado si hubiese estado iluminada por la honda inteligencia del amor.

El artista pasó el invierno siguiente de un modo que satisfizo a quienes aún depositaban esperanzas en él, cuando lo cierto es que estaba irremediablemente destinado a la futilidad por lo que respectaba al mundo y a un pernicioso destino personal. La muerte de un pariente le había proporcionado una pequeña herencia. Liberado así de la necesidad de trabajar y sin el influjo decidido de un gran propósito, al menos para él, se abandonó a unas costumbres que debería haber proscrito por lo delicado de su salud. Pero cuando se ensombrece el lado etéreo de un hombre de genio, la cara terrenal asume un influjo más incontrolable, pues ahora carece del equilibrio que la providencia había logrado con tanto esmero y que, en una naturaleza más ordinaria, se ajusta por medio de algún otro método.

Owen Warland experimentó los estados benditos que puede traer la turbulencia. Miró el mundo a través del líquido dorado del vino. Así tuvo las visiones que se elevan alegres y burbujeantes por el borde de la copa, llenan el aire con formas de deliciosa locura y entonces se tornan fantasmales y sombrías. Aun cuando ya se había producido este cambio fatal e inevitable, el joven continuó con la copa de los encantamientos, aunque su vapor sirviese solo para rodear la vida de pesar, que se llenaba a su vez de espíritus que se mofaban de él. Había cierta pesadez del espíritu real, junto con la sensación más profunda de la que ahora era consciente el artista, que era más insoportable que cualquier horror y desgracia fantástica que evocase el abuso del vino. En este caso incluso podía recordar en la bruma de su problema que era solo un engaño. Sin embargo, en el primer caso, la pesada angustia era su vida real.

Escapó de ese estado peligroso por un suceso que presenció más de uno, aunque ni el más sagaz supo explicar o conjeturar cómo actuó sobre la mente de Owen Warland. Fue muy sencillo. Una cálida tarde primaveral, cuando el artista estaba sentado entre sus compañeros de juerga con un vaso de vino delante de él, entró por la ventana abierta una soberbia mariposa y aleteó junto a su cabeza.

—¡Ah! —exclamó Owen, que había bebido mucho—. ¿Sigues viva, hija del sol y compañera de juegos de la brisa estival, tras tu siesta del mortal invierno? ¡Entonces es hora de volver al trabajo!

Dejó la copa sin vaciar, se despidió y no volvió a probar ni gota de vino. Reanudó sus paseos por bosques y campos. Podría suponerse que la espléndida mariposa, que había penetrado como un espíritu por la ventana mientras Owen se sentaba con los beodos, era un espíritu encargado de recordarle la vida pura e ideal que lo había transformado en alguien etéreo en medio de los hombres. Podría suponerse que fue en busca de este espíritu en sus territorios soleados porque, como durante el verano previo, lo vieron deslizarse como siempre que había aparecido una mariposa y perderse en su contemplación. Cuando el insecto emprendía el vuelo, sus ojos seguían aquella visión alada, como si su estela aérea le indicase el camino hasta el cielo.

Pero ¿cuál podía ser el fin de aquel trabajo a destiempo, que volvió a reanudar según supo el sereno por las ranuras luminosas que se filtraban por las grietas de las persianas de Owen Warland? La gente tenía una explicación general para todas aquellas singularidades. ¡Owen Warland había enloquecido! Qué infinitamente eficaz, qué satisfactorio y tranquilizador para la sensibilidad herida de los estrechos y los zafios es este método tan simple de explicar cuanto se sale del alcance de las personas más ordinarias del mundo. Desde tiempos de San Pablo hasta los de nuestro pequeño artista de lo bello, se había aplicado la misma impronta a la solución de todos los misterios de las palabras o los hechos de los hombres que hablaban o actuaban con excesiva sabiduría o demasiado bien. En el caso de Owen Warland el juicio de sus vecinos podría haber sido el adecuado.

Tal vez estaba chiflado.

La ausencia de simpatía, ese contraste entre él mismo y sus vecinos, que eliminaba la limitación del ejemplo, pudo bastar para volverlo loco. O quizá había captado tanta radiación etérea como para confundirlo, en un sentido terrenal, al unirse a la luz diurna común. Una tarde, cuando había regresado de su paseo de siempre y acababa de proyectar la luz de su lámpara sobre la delicada obra tantas veces interrumpida, pero siempre reanudada, como si su destino se encarnase en su mecanismo, lo sorprendió la entrada del viejo Peter Hovenden. Owen nunca podía ver a ese hombre sin que se le encogiese el corazón. De todos, era el más terrible por culpa de una comprensión afilada que le permitía discernir con una claridad meridiana lo que veía, y no creer, con tan escaso compromiso, lo que no podía percibir. En esta ocasión, el anciano relojero solo tenía una o dos palabras amables que decirle.

—Owen, muchacho, nos gustaría que vinieses a casa mañana por la noche.

El artista empezó a farfullar una excusa.

—No, no, tienes que venir por los tiempos en que eras uno más de la casa —dijo Peter Hovenden—. ¿No te has enterado de que mi Annie se ha comprometido con Robert Danforth? Vamos a dar una pequeña fiesta para celebrarlo.

—¡Ah! —dijo Owen.

Ese pequeño monosílabo fue su única respuesta. Su tono pareció frío e insensible a un oído como el de Peter Hovenden. No obstante, contenía el grito ahogado del corazón del pobre artista, que se estrujó dentro de él como un hombre que agarra un espíritu maligno. Aun así, se permitió un leve estallido que fue imperceptible para su maestro. Alzó el instrumento con el que iba a iniciar el trabajo y lo dejó caer sobre el pequeño sistema de la maquinaria que, una vez más, le había costado meses de reflexión y trabajo. ¡Quedó machacada por el golpe! La historia de Owen Warland no habría sido un reflejo aceptable de la azarosa vida de quienes tratan de crear lo hermoso si, en medio de todas las otras influencias frustrantes, no se hubiese interpuesto el amor para arrancarle la destreza de la mano.

No había sido en su exterior un amante ardiente ni emprendedor. La vida de su pasión había encerrado sus tumultos y vicisitudes dentro de la imaginación del artista, de manera que la propia Annie apenas había percibido algo más de ello que lo que intuye una mujer. Sin embargo, según Owen cubría todo el campo de su vida. Olvidándose de la época en que ella se había mostrado incapaz de una respuesta profunda, él había insistido en asociar todos sus sueños de éxito artístico a la imagen de Annie. Ella era la forma visible en que se le aparecía el poder espiritual que adoraba y sobre cuyo altar esperaba colocar una ofrenda digna.

Como es natural, Owen se había engañado. Annie Hovenden carecía de esos dones que su imaginación le había atribuido. Ella, con el aspecto que tomaba ante la visión interior de él, era tan suya como el mecanismo misterioso si alguna vez lo llegaba a completar. Si el éxito en el amor lo hubiese convencido de su error, si hubiese atraído a Annie hacia su pecho viendo cómo allí pasaba de ángel a mujer normal y corriente, el desengaño por haberle hecho regresar con más energía al único objetivo que le quedaba si hubiese visto a Annie tal y como él la imaginaba, su destino habría sido tan rico en belleza que por redundancia habría podido trabajar lo hermoso de un modo más digno que aquel por el que tanto había sudado. Sin embargo, la forma en que le llegó su pena, la sensación de que le habían arrebatado el ángel de su vida para dárselo a un hombre tosco de tierra y hierro, que no necesitaba ni apreciaba sus servicios... eso era la perversidad del destino que hace parecer la vida humana demasiado absurda y contradictoria como para ser el escenario de cualquier otra esperanza o miedo. A Owen Warland no le quedaba más que sentarse como un hombre aturdido.

Enfermó. Tras recuperarse, su pequeño y delgado cuerpo asumió un adorno de carne más corriente que nunca. Sus flacas mejillas se redondearon; su manita delicada, formada tan espiritualmente para realizar tareas mágicas, se tornó más rolliza que la mano de un bebé. Su aspecto era tan infantil que un desconocido podría haberle dado palmaditas en la cabeza, aunque se habría detenido de inmediato preguntándose de qué tipo de niño se trataba.

Era como si el espíritu lo hubiese abandonado, dejando que el cuerpo floreciese en una suerte de existencia vegetativa. Owen Warland no era tonto, claro está. Podía hablar racionalmente. Lo cierto es que empezaron a pensar en él como en un charlatán, pues podía pronunciar discursos interminables sobre las maravillas de la mecánica que había leído en los libros y que había aprendido a ver como fabulosas. Enumeraba al hombre de bronce, construido por Alberto Magno, y la cabeza de bronce de Fray Bacon. Al llegar a épocas posteriores, mencionaba el autómata de un cochecito con caballos, que se decía que había sido fabricado por el Delfín de Francia; además de a un insecto que zumbaba junto a la oreja como una mosca viva y que era un sencillo ingenio de diminutos flejes de acero. También contaba la historia de un pato que nadaba, graznaba y comía, aunque si lo hubiese comprado con dinero cualquier ciudadano honesto, se habría sentido estafado por la naturaleza mecánica del ánade.

—Pero estoy seguro de que todos esos relatos son fantasías —terminaba diciendo Owen Warland.

Después, con aire enigmático, confesaba que antaño había pensado de un modo distinto. En sus tiempos de ocio y ensoñación había creído posible, en cierto sentido, dotar de espíritu a la maquinaria, combinando con la nueva especie de vida y movimiento creada así una belleza que materializaría el ideal que se había propuesto la naturaleza en todas sus criaturas, pero que nunca se había esforzado por realizar. Pero parecía no recordar con claridad el proceso para lograr ese objetivo y ni siquiera el diseño.

—Ahora me he apartado de eso —decía—. Era uno de esos sueños con los que los siempre se obnubilan los jóvenes. Ahora que tengo un poco de sentido común, pensar en ello me produce risa.

¡Pobre Owen Warland! Mostraba los síntomas de que ya no era un morador de la esfera superior que está a nuestro alrededor y es invisible. Había perdido la fe en lo invisible y se preciaba de ello, como hacen siempre tantos desdichados, de la sabiduría por rechazar gran parte de lo que había llegado a ver y por no confiar en nada que su mano no tocase. Esta es la calamidad de los hombres cuya parte espiritual muere dejando que el entendimiento más grosero los asemeje cada vez más a las cosas que pueden conocer. Sin embargo, en Owen Warland el espíritu no había muerto, pues solo estaba aletargado.

No se sabe cómo despertó de nuevo. Tal vez el sueño lánguido fue roto por un dolor convulsivo. Puede que, como la vez anterior, entrase la mariposa y quedase flotando sobre su cabeza, dándole una nueva inspiración, pues esta criatura del sol siempre había tenido una misión enigmática para el artista, devolviéndole el propósito anterior de su vida. Pero si fue el dolor como la felicidad lo que estremeció sus venas, su primer impulso fue dar gracias al cielo por haberlo hecho de nuevo la persona reflexiva, imaginativa y de aguda sensibilidad que había dejado de ser hacía ya tiempo.

—Ahora a ponerse a trabajar —dijo—. Jamás había sentido tanta fuerza como ahora.

No obstante, aunque se sintiese fuerte, se vio movido a trabajar con más diligencia temiendo que la muerte lo sorprendiese en plena tarea. Esa ansiedad tal vez sea común a todos los hombres que ponen el corazón en algo tan elevado, en su propia visión de la tarea, hasta el punto de que la vida solo es importante como condición para ese fin. Mientras amamos la vida en sí misma, raramente tememos perderla. Cuando deseamos la vida para alcanzar un objetivo, vemos la fragilidad de su textura. Pero, además de esa sensación de inseguridad, existe una fe vital en nuestra invulnerabilidad ante la guadaña de la muerte mientras estemos comprometidos con un cometido que creemos que nos ha sido asignado por la providencia como algo que hemos de hacer. Creemos que si dejásemos inacabada esa tarea el mundo tendría motivos de queja.

¿Puede creer el filósofo, engrandecido por la inspiración de una idea que reformará a la humanidad, que será llamado para que abandone esta vida cuando está cobrando aliento para pronunciar la palabra de luz? Si muriese así, podrían pasar las eras y la arena de la vida del mundo podría caer mota tras mota antes de que otro intelecto estuviese preparado para desarrollar la verdad que él podría haber enunciado. Pero la historia nos pone muchos ejemplos en los cuales el espíritu más rico, manifestado en forma humana en un momento particular, ha desaparecido inoportunamente sin que tuviese espacio, según el juicio mortal, para completar su misión en la Tierra.

El profeta muere mientras el hombre de corazón lánguido y cerebro obtuso vive. El poeta deja su canción a medio entonar o la termina más allá del alcance de los oídos mortales, en un coro celestial. El pintor, como Allston, deja la mitad de su idea en el lienzo para apenarnos con su belleza imperfecta y va a pintar el resto, si no es irreverente decirlo, con las tonalidades del cielo. Pero es más bien posible que los diseños inacabados de esta vida no se perfeccionen en ningún lugar.

Así pues, la desaparición frecuente de los proyectos más caros del hombre debe tomarse como prueba de que los hechos de la Tierra, aunque hayan pasado a ser etéreos por la piedad o el genio, carecen de valor, salvo como ejercicios y expresiones del espíritu. En el cielo, toda idea ordinaria es superior y más melodiosa que la canción de Milton. Entonces, ¿añadiría otro verso él a cualquier melodía que hubiera dejado inconclusa aquí? Pero volvamos a Owen Warland.

Tuvo la suerte, buena o mala, de lograr el propósito de su vida. Pasemos por un largo espacio de pensamiento intenso, esfuerzo palpitante, trabajo minucioso y ansiedad, seguido por un momento de triunfo solitario. Dejemos que se imagine todo esto y contemplemos al artista a continuación, una tarde de invierno, pidiendo ser admitido junto a la chimenea de Robert Danforth.

Allí vio al hombre de hierro, con su enorme materia caldeada y atemperada por las influencias domésticas. Allí estaba también Annie, transformada en una matrona, habiendo adoptado gran parte de la naturaleza sencilla y robusta de su esposo, aunque también dotada, como Owen Warland creía aún, de una gracia más delicada que podría permitirle ser la truchimana entre la fuerza y la belleza. También ocurrió que aquella tarde el viejo Peter Hovenden estaba junto a la chimenea de su hija. Lo primero que vio la mirada del artista fue su sempiterna expresión de crítica aguda y fría.

—¡Mi viejo amigo Owen! —gritó Robert Danforth, levantándose y oprimiendo los delicados dedos del artista con una mano habituada a tener barras de hierro—. Qué amable que por fin hayas venido a visitarnos. Temía que tu movimiento continuo te hubiese embrujado haciéndote olvidar los recuerdos de los viejos tiempos.

—Nos alegra verte —dijo Annie mientras su mejilla de matrona se ruborizaba—. No es de buenos amigos estar alejados tanto tiempo.

—Y bien, Owen —preguntó el viejo relojero como primer saludo—. ¿Cómo va lo bello? ¿Ya lo has creado?

El artista no respondió de inmediato, pues se sorprendió al ver un niño pequeño y fuerte que avanzaba trastabillando sobre la alfombra. Era un personajillo que había surgido misteriosamente del infinito, pero con algo tan fuerte y real en él que parecía moldeado a partir de la materia más densa que hubiese en la tierra. El ilusionado niño se arrastró hacia el recién llegado y, encaramándose sobre las extremidades, como decía Robert Danforth, miró a Owen con un aspecto de observación tan sagaz que la madre no pudo evitar cambiar una mirada de orgullo con su esposo. Pero al artista lo inquietaba la mirada del niño, pues creía ver un parecido entre ella y la expresión habitual de Peter Hovenden.

Debió imaginar que el viejo relojero estaba comprimido en aquella forma de bebé y, mirándolo a través de los ojos del niño repetía, como estaba haciendo ahora el anciano, la maliciosa pregunta:

—¡Lo bello, Owen! ¿Cómo va lo bello? ¿Has conseguido crearlo?

—Lo he conseguido —contestó el artista con una luz triunfal en los ojos y una sonrisa iluminada, aunque teñida de tal profundidad de pensamiento que casi era tristeza—. Sí, amigos, es la verdad. Lo he logrado.

—¿De veras? —preguntó Annie con una mirada de jovencita alegre que nuevamente brotaba en su rostro—. ¿Y se puede saber ahora cuál era el secreto?

—Por supuesto, he venido para revelarlo —respondió Owen Warland—. ¡Conoceréis, veréis, tocaréis y poseeréis el secreto! Annie, si puedo seguir hablándole con ese nombre a mi amiga de la niñez, Annie, he trabajado ese mecanismo espiritualizado, esa armonía del movimiento y ese misterio de la belleza para que sea el regalo de bodas. Llega tarde, sí; pero así avanzamos en la vida. Cuando los objetos pierden esa lozanía del tono y nuestra alma la sutileza de la percepción es cuando más se necesita el espíritu de la belleza. Pero, perdón, Annie, si sabes valorar este regalo, no llegará tarde.

Mientras hablaba sacó algo parecido a un estuche. Lo había tallado ricamente en ébano e incrustado con una imaginativa tracería de perlas que representaba a un muchacho tras una mariposa, que en otra parte se había transformado en un espíritu alado que volaba hacia el cielo. El muchacho o joven, en cambio, había encontrado tal eficacia en su poderoso deseo que ascendía de la tierra hasta la nube, y desde allí a la atmósfera celestial, para obtener lo bello. El artista abrió el estuche de ébano y pidió a Annie que colocase un dedo en su borde. Eso hizo ella y casi lanzó un grito cuando una mariposa salió volando, se posó en la punta de su dedo y se quedó agitando allí la suntuosidad de sus alas púrpuras moteadas de dorado, como en el preludio de un vuelo. No hay palabras para expresar la gloria, el esplendor, la fascinación delicada que reunía la belleza de ese objeto.

Había realizado la mariposa ideal de la naturaleza en toda su perfección. No era el modelo de esos insectos descoloridos que vuelan entre las flores de la Tierra, sino el de los que flotan sobre los prados celestiales para que los ángeles y el espíritu de los niños fallecidos se diviertan con ellos. La riqueza era visible en sus alas, el brillo de sus ojos parecía lleno de espíritu. La luz de la chimenea brillaba en torno a aquella maravilla, pero parecía lucir por su propia radiación, emitiendo sobre el dedo y la mano extendida sobre la que se posaba un halo con un resplandor blanco semejante al de las gemas. En su belleza perfecta se olvidaba el tamaño. Si sus alas hubiesen llegado al firmamento, la mente no podría haberse sentido más llena o satisfecha.

—¡Hermoso! ¡Hermoso! —exclamó Annie—. ¿Está viva?

—¿Viva? Por supuesto —contestó su marido—. ¿Crees que un mortal tiene la habilidad suficiente como para crear una mariposa o tomarse el trabajo de fabricarla, cuando un niño puede atrapar una docena en una tarde de verano? ¿Viva? ¡Por supuesto! Pero ese estuche tan bonito ha sido hecho sin duda por nuestro amigo Owen y realmente le da fama.

En ese momento la mariposa agitó nuevamente las alas con un movimiento tan parecido a la vida que Annie se sobresaltó y se asustó; pues, pese a la opinión de su esposo, no estaba segura de si era un ser vivo o un mecanismo maravilloso.

—¿Está viva? —preguntó con más seriedad que antes.

—Juzga por ti misma —dijo Owen Warland, mirándola al rostro con absoluta atención.

La mariposa voló por el aire, aleteó en torno a la cabeza de Annie y remontó hasta una zona alejada del salón, aunque todavía podía verse por el brillo estrellado que envolvía el movimiento de sus alas. El niño siguió su curso desde el suelo con sus ojitos sagaces. Tras volar por la habitación, regresó en una curva espiral y se posó sobre el dedo de Annie.

—Pero ¿está viva? —exclamó ella y el dedo en el que el brillante misterio se había posado estaba tan tembloroso que la mariposa tuvo que equilibrarse con sus alas—. Dime si está viva o si la has creado.

—¿Por qué preguntas quién la ha creado si es tan bella? —contestó Owen Warland—. ¿Viva? Claro, Annie. Podría decirse que posee vida porque ha absorbido mi propio ser. En el secreto de esa mariposa, en su belleza, que no es solo exterior, sino profunda como todo su sistema, se representa el intelecto, la fantasía, la sensibilidad y el alma de un artista de lo bello. Sí, la he creado. Pero… —aquí su semblante cambió— esta mariposa ya no es para mí lo que era cuando la contemplé en mis sueños de juventud.

—Sea como sea, es un mecanismo precioso —dijo el herrero sonriendo con placer infantil—. Me pregunto si querrá posarse en un dedo grande y torpe como el mío. Tenla ahí, Annie.

Haciendo lo que le pedía el artista, Annie tocó con la punta del dedo de su marido con la suya. Tras un instante, la mariposa aleteó de uno a otro. Entonces inició un segundo vuelo, con un movimiento de las alas parecido, aunque no exactamente igual al del primer experimento. Luego, remontando desde el dedo fornido del herrero, ascendió hasta el techo en una curva cada vez más amplia, recorrió todo el salón y, con un movimiento ondulante, regresó a la punta del dedo desde el que había partido.

—¡Vaya, esto supera a la naturaleza! —gritó Robert Danforth concediendo la mayor alabanza que sabía expresar y, si se hubiese callado, un hombre de palabras más hermosas y percepción más aguda no habría podido decir más—. Confieso que esto me supera. ¿Y qué? Un buen golpe de mi martillo tiene más utilidad que el trabajo de cinco años que nuestro amigo Owen se ha dejado en esa mariposa.

En ese momento el niño aplaudió y se puso a emitir sonidos ininteligibles, pidiendo que le diesen la mariposa como juguete. Owen Warland miró de soslayo a Annie para descubrir si estaba de acuerdo con la opinión de su marido sobre el valor comparativo de lo bello y lo práctico. Entre toda su amabilidad hacia él, la admiración y sorpresa con la que contemplaba el increíble trabajo de sus manos y la materialización de su idea, se traslucía un secreto desprecio... tal vez secreto incluso para la conciencia de Annie, y perceptible solo para un discernimiento intuitivo como el del artista. Pero, en las últimas fases de su búsqueda, Owen había salido del lugar en que un descubrimiento así podría haber sido una tortura.

Sabía que el mundo, y Annie como su representante, al margen de las alabanzas que pudiese hacer, nunca podría decirle la palabra adecuada ni albergar el sentimiento adecuado que sería la recompensa perfecta para un artista que, al simbolizar una elevada moral en un juguete, al convertir lo terrenal en espiritual, había obtenido lo bello con sus manos. Hasta ese momento Owen no aprendería que la recompensa a toda obra de arte solo puede buscarse dentro de uno mismo o buscarse en balde. Sin embargo, había una visión del asunto que Annie y su marido, incluso Peter Hovenden, podían entender y que podría haberlos convencido de que había merecido la pena aquel trabajo de años.

Owen Warland podría haberles dicho que esa mariposa, esa bagatela, ese regalo de bodas de un relojero pobre a la esposa de un herrero, en realidad era una gema artística que un rey habría comprado con honores y riquezas para guardarla entre las joyas de su reino como la más maravillosa y excepcional de todas. Pero el artista sonrió y se guardó el secreto.

—Padre —dijo Annie creyendo que un elogio del viejo relojero podría satisfacer a su antiguo aprendiz—. Ven a ver esta hermosa mariposa.

—Déjame ver —contestó Peter Hovenden levantándose de su sitio con una sonrisa sarcástica que siempre hacía dudar a los demás, ya que él mismo dudaba de todo salvo de una existencia material—. Aquí está mi dedo para que se pose. La entenderé mejor cuando la haya tocado.

Pero para asombro de Annie, cuando la punta del dedo de su padre tocó la del yerno, en la que permanecía quieta la mariposa, el insecto inclinó las alas y a punto estuvo de caer al suelo. Hasta los puntos dorados brillantes de las alas y el cuerpo, si Annie no se engañaba, se oscurecieron, el color púrpura brillante se apagó y el brillo estelar que refulgía en torno a la mano del herrero menguó hasta desaparecer.

—¡Se está muriendo! ¡Se está muriendo! —gritó Annie alarmada.

—Ha sido trabajada con esmero —contestó con calma el artista—. Como dije, ha captado una esencia espiritual... llámalo magnetismo o lo que quieras. En una atmósfera de duda y burla, su exquisita susceptibilidad se siente torturada, como el alma de quien le ha dado su propia vida. Ya ha perdido su belleza, pronto su mecanismo quedará herido sin remedio.

—¡Aparta la mano, padre! —ordenó Annie palideciendo—. Aquí está mi hijo. Que se pose sobre su mano inocente. Tal vez su vida se reanime ahí y sus colores se vuelvan más brillantes que nunca.

El padre retiró el dedo con una sonrisa agria. Entonces la mariposa pareció recobrar el poder del movimiento voluntario, y sus tonos recuperaron gran parte del brillo original, y la radiación estelar, su rasgo más etéreo, formó de nuevo un halo a su alrededor. Al principio, al pasar de la mano de Robert Danforth al dedito del niño, esa radiación se hizo tan fuerte que proyectó la sombra del niño en la pared. Mientras, él extendió su mano rolliza, como había visto hacer a su padre y su madre, y contempló con placer infantil el movimiento de las alas del insecto. Pero tenía cierta expresión extraña de sagacidad que hizo que Owen Warland sintiese como si estuviese allí en parte el viejo Peter Hovenden, y se redimiese parte de su crudo escepticismo con la fe infantil.

—¡Qué sabio parece el pequeño! —susurró Robert Danforth a su esposa.

—Jamás había visto esa mirada en un niño —repuso Annie admirando a su hijo, y con motivos, mucho más que a la mariposa—. Sabe del misterio más que nosotros.

Como si la mariposa, igual que el artista, fuese consciente de algo que no casaba del todo con la naturaleza infantil, centelleaba y se oscurecía sin cesar. Finalmente se levantó de la manita del niño con un movimiento ligero que parecía impulsarla arriba sin esfuerzo, como si los instintos etéreos del espíritu de su creador impulsasen involuntariamente esa hermosa visión hacia una esfera superior. De no haber estado el techo, podría haber seguido hasta el cielo y volverse inmortal. Pero su brillo irradió sobre el techo. La textura exquisita de sus alas rozó ese medio terrenal. Como si fuesen polvo de estrellas, cayeron una o dos chispas flotando y quedaron brillantes sobre la alfombra. Entonces la mariposa bajó aleteando y pareció verse atraída hacia la mano del artista, no la del niño.

—¡No, no! —murmuró Owen Warland como si su obra de arte pudiese oírle—. Has salido del corazón de tu creador y no hay vuelta para ti.

Con un movimiento ondulante, emitiendo un fulgor trémulo, la mariposa, por así decirlo, luchó yendo hacia el niño y a punto estuvo de posarse en su dedito. Pero cuando aún estaba suspendida en el aire, el pequeño hijo de la fuerza, con la expresión aguda y taimada de su abuelo en el semblante, agarró el insecto maravilloso y lo apretó en la mano. Annie gritó. El viejo Peter Hovenden lanzó una carcajada fría y burlona. El herrero abrió a la fuerza la mano del niño y vio en la palma un montoncito de fragmentos brillantes sin el misterio de la belleza. En cuanto a Owen Warland, contempló plácidamente lo que parecía la ruina del trabajo de su vida, pero que no lo era. Había captado otra mariposa muy distinta a aquella. Cuando el artista se eleva lo suficiente para lograr lo bello, el símbolo con el cual lo hizo perceptible para los sentidos mortales pierde valor a sus ojos, mientras que su espíritu se apodera del gozo de la realidad.

LOS OTROS DIOSES

H. P. Lovecraft

En la cima del pico más alto de la Tierra moran los dioses de este mundo y no soportan que ningún hombre presuma de haberlos visto. Antaño poblaron los picos inferiores. Sin embargo, los hombres de las llanuras se empecinaron en escalar las laderas de roca y nieve, empujando a los dioses hacia montañas cada vez más altas, hasta hoy, que ya solo les queda la última. Se cuenta que al marcharse de sus anteriores cumbres se llevaron sus propios signos, salvo una vez que dejaron una imagen esculpida en la cara de un monte llamado Ngranek.

Pero ahora se han retirado a la ignota Kadath del desierto frío, en donde los hombres nunca ponen los pies, y se han vuelto severos. Si antaño permitieron que los hombres los desplazasen, ahora les han prohibido acercarse. Ahora bien, si lo hacen, les impiden marcharse. Es mejor que los hombres ignoren dónde está Kadath o tratarían de escalarla en su insensatez.

A veces, en el silencio de la noche, cuando los dioses de la Tierra sienten nostalgia, visitan los picos que habitaron antaño y lloran en silencio al tratar de jugar sin hacer ruido en las recordadas laderas. Los hombres han visto las lágrimas de los dioses sobre el nevado Thurai, pero las tomaron por lluvia, y han oído sus suspiros en los gemebundos vientos matinales de Lerion. Los dioses suelen viajar en las naves hechas de nubes. Los sabios campesinos cuentan leyendas que los disuaden de ir a ciertos picos elevados de noche cuando el cielo se nubla, pues los dioses no son tan tolerantes como en el pasado.

En Ulthar, más allá del río Skai, vivió una vez un anciano que deseaba ver a los dioses de la Tierra. Conocía a fondo los siete libros crípticos de la Tierra y estaba familiarizado con los Manuscritos Pnakóticos de la lejana y helada Lomar. Se llamaba Barzai el Sabio. Cuentan de él los lugareños que escaló una montaña la noche del enigmático eclipse.

Barzai sabía tanto sobre los dioses que podía contar sus viajes y adivinaba tantos secretos que se consideraba un semidiós. Fue él quien juiciosamente aconsejó a los diputados de Ulthar cuando aprobaron la célebre ley que prohibía matar gatos. Fue él quien dijo al joven sacerdote Atal adónde habían ido los gatos negros la medianoche de la víspera del solsticio de verano. Barzai estaba muy versado en la ciencia de los dioses de la Tierra, de manera que le habían entrado deseos de ver sus rostros. Creía que sus hondos y arcanos conocimientos de los dioses lo protegerían de su cólera, así que decidió escalar la cima del alto y rocoso Hatheg-Kla una noche que sabía que los dioses estarían allí.

El Hatheg-Kla se alza en el desierto pedregoso que se extiende más allá de Hatheg, que le da el nombre. Se yergue como una estatua de roca en un templo silencioso. Las brumas juegan sombríamente en torno a su cima porque las brumas son los recuerdos de los dioses y a ellos les gustaba el Hatheg-Kla cuando antaño vivieron allí. A menudo visitan el Hatheg-Kla en sus naves hechas de nubes y derraman vapores pálidos sobre las laderas cuando bailan con añoranza en la cima, bajo un cielo raso. Los aldeanos de Hatheg dicen que no se debe escalar jamás el Hatheg-Kla, que es fatal hacerlo de noche, cuando los vapores pálidos ocultan la cima y la luna.

Pero Barzai no escuchó cuando llegó de la vecina Ulthar con su discípulo, el joven sacerdote Atal. Este era el hijo de un sencillo posadero y a veces tenía miedo, pero el padre de Barzai había sido un noble que vivió en un antiguo castillo, de manera que no corrían por sus venas las supersticiones vulgares y se reía de los medrosos aldeanos.

Barzai y Atal salieron de Hatheg hacia el pedregoso desierto, desoyendo los ruegos de los campesinos, y por las noches charlaron sobre los dioses de la Tierra junto a su fogata. Viajaron durante muchas jornadas hasta que vislumbraron a lo lejos el alto Hatheg-Kla con su siniestro halo brumoso. El décimo tercer día llegaron al pie de la solitaria montaña y Atal confesó sus temores. Sin embargo, Barzai era viejo, sabio, y desconocía el miedo, de manera que marchó hacia delante con osadía por la ladera que ningún hombre había hollado desde la época de Sansu, de quien hablan con temor los mohosos Manuscritos Pnakóticos.

El camino era pedregoso y difícil a causa de los precipicios, los cantiles y los aludes. Después se tornó frío y nevado. Barzai y Atal resbalaban con frecuencia y se caían mientras se abrían camino con bastones y hachas. Finalmente, el aire se enrareció, el cielo mudó de color y los escaladores encontraron que les costaba respirar. Aun así, siguieron subiendo, maravillados ante el extraño paisaje, emocionados pensando en lo que ocurriría en la cima, cuando saliese la luna y los vapores pálidos se esparciesen. Durante tres jornadas subieron hacia el techo del mundo hasta que acamparon aguardando a que se nublase la luna.

Durante cuatro noches esperaron las nubes mientras la luna relucía con su frío resplandor a través de las tenues brumas sombrías que envolvían la cumbre silenciosa. La quinta noche, de luna llena, Barzai divisó unos lejanos nubarrones espesos por el norte. Ni él ni Atal se acostaron, observando cómo se aproximaban. Densos y majestuosos, navegaban lenta y resueltamente, rodearon el pico muy por encima de los observadores y ocultaron la luna y la cumbre. Durante una hora observaron los dos, mientras los vapores se arremolinaban y la cortina de nubes se hacía más espesa e inquieta. Barzai conocía la ciencia de los dioses de la Tierra y atendía a los ruidos. Atal, que sentía el frío de la bruma y el miedo de la noche, estaba aterrorizado. Aunque Barzai siguió subiendo y le hacía señas ansiosamente para que lo acompañase, Atal tardó mucho en decidirse a seguirlo.

Tan espesa era la bruma que la marcha resultaba trabajosa. Si bien Atal lo siguió al fin, apenas podía distinguir la figura gris de Barzai en la borrosa ladera, más arriba, bajo la luz nublada de la luna. Barzai marchaba muy por delante. Pese a su edad, parecía escalar con más destreza y agilidad que Atal, sin miedo a la pendiente que ya era demasiado pronunciada y peligrosa, salvo para un hombre fuerte y temerario. No se detenía ante los grandes y oscuros abismos que Atal apenas podía saltar. Así escalaron intensamente rocas y precipicios, resbalando y tropezando, impresionados ante el terrible silencio de los fríos y desolados picos y las mudas pendientes de granito.

Entonces Barzai desapareció de la vista de Atal y salvó una gran cornisa que parecía sobresalir y cortar el camino a cualquier escalador no inspirado por los dioses de la Tierra. Atal estaba muy abajo, pensando qué haría cuando llegara a ese lugar. Fue en ese momento cuando observó que la luna había aumentado, como si el pico despejado, el lugar de reunión de los dioses, estuviese muy cerca. Mientras gateaba hacia el saliente y el cielo iluminado, sintió el mayor terror de su vida. Entonces, a través de la bruma de arriba, oyó la voz de Barzai gritando como loco de contento:

—¡He oído a los dioses! ¡He oído a los dioses de la Tierra cantar con alegría en el Hatheg-Kla! ¡Barzai el profeta conoce las voces de los dioses de la Tierra! La bruma es tenue y la luna brilla. Hoy veré bailar a los dioses frenéticos en el Hatheg-Kla que tanto quisieron en su juventud. La sabiduría hace que Barzai sea más grande que los dioses de la Tierra, y ni los encantos ni barreras de ellos pueden nada contra su voluntad. Barzai contemplará a los dioses de la Tierra, aunque ellos odien que los contemplen los hombres.

Atal no podía oír las voces que captaba Barzai, pero ahora estaban cerca de la cornisa, y buscaba un paso. Entonces oyó cómo subía la voz de Barzai de forma más sonora y estridente:

—La niebla es tenue y la luna arroja sombras sobre las laderas. Las voces de los dioses de la Tierra son violentas y furiosas. Temen la llegada de Barzai el Sabio porque es más grande que ellos... La luz de la luna vacila y los dioses de la Tierra bailan frente a ella. Veré cómo bailan sus formas, saltando y gritando a la luz de la luna... La luz se atenúa. Los dioses tienen miedo...

Mientras Barzai gritaba aquello, Atal notó un cambio espectral, como si las leyes de la tierra cedieran ante otras leyes superiores en el aire. Aunque la senda era más empinada que nunca, el ascenso se había vuelto terriblemente fácil y la cornisa apenas fue un obstáculo cuando la alcanzó y trepó arriesgadamente por su cara saliente. El fulgor de la luna se había apagado inexplicablemente. Mientras Atal avanzaba por las brumas monte arriba, oyó a Barzai el Sabio gritar entre las sombras:

—La luna es oscura y los dioses bailan en la noche. Hay terror en la noche y en el cielo, pues la luna ha sido eclipsada de un modo que ni los libros humanos ni los dioses de la Tierra han sido capaces de predecir... Hay una magia desconocida en el Hatheg-Kla porque los gritos de los dioses asustados se han transformado en risas, y las laderas de hielo ascienden sin fin hacia los cielos tenebrosos, en los que ahora me sumerjo... ¡Eh! ¡Eh! ¡Al fin! ¡He vislumbrado a los dioses de la Tierra en la débil luz!

Atal, que se deslizaba monte arriba con vertiginosa rapidez por inconcebibles pendientes, oyó entonces en la oscuridad una repulsiva risa mezclada con gritos que ningún hombre puede haber oído salvo en el Fleguetonte de pesadillas indescriptibles. Fue un grito en el que vibró el horror y la angustia de una vida tormentosa reducida a un instante atroz:

—¡Son ellos! ¡Los otros dioses! ¡Los dioses de los infiernos exteriores que vigilan a los débiles dioses de la Tierra!... ¡Aparta la mirada!... ¡Atrás!... ¡No mires! ¡No mires! La venganza de los abismos infinitos... Ese condenado, ese maldito precipicio... ¡Misericordiosos dioses de la Tierra, estoy cayendo al cielo!

Mientras Atal cerraba los ojos, se tapaba los oídos y trataba de bajar luchando contra la poderosa fuerza que lo atraía hacia alturas desconocidas, siguió resonando en el Hatheg-Kla el terrible estampido de los truenos que despertaron a los pacíficos aldeanos de las llanuras y a los honrados ciudadanos de Hatheg, de Nir y de Ulthar, haciendo que se detuviesen a observar, a través de las nubes, aquel extraño eclipse que ningún libro jamás había previsto. Cuando salió la luna, Atal estaba a salvo en las nieves inferiores de la montaña, fuera de la vista de los dioses de la Tierra y de los otros dioses.

Ahora se dice en los polvorientos Manuscritos Pnakóticos que Sansu no descubrió sino rocas mudas y hielo cuando escaló el Hatheg-Kla en la juventud del mundo. Sin embargo, cuando los hombres de Ulthar, de Nir y de Hatheg dominaron sus temores y escalaron ese día la cumbre encantada en busca de Barzai el Sabio, hallaron grabado en la roca desnuda de la cumbre un extraño símbolo ciclópeo de cincuenta codos de ancho, como si un titánico cincel hubiese esculpido la roca. El símbolo era parecido al que los sabios descubrieron en esas partes espantosas de los Manuscritos Pnakóticos que son tan antiguas que ni pueden leerse. Eso hallaron.

Jamás encontraron a Barzai el Sabio, ni convencieron al santo sacerdote Atal para que rezase por el descanso de su alma. Aún hoy las gentes de Ulthar, de Nir y de Hatheg temen a los eclipses y rezan por la noche cuando los vapores pálidos ocultan la cumbre de la montaña y la luna. Sobre las brumas de Hatheg-Kla los dioses de la Tierra bailan a veces con nostalgia, pues saben que no corren peligro y les gusta acudir a la desconocida Kadath en sus naves hechas de nubes a jugar como antaño, como cuando la Tierra era nueva y los hombres no escalaban las regiones abruptas.

EL RELOJ QUE MARCHABA HACIA ATRÁS

Edward Page Mitchell

I

Una fila de álamos de Lombardía se alzaba frente a la mansión de mi tía abuela Gertrude, a la orilla del río Sheepscot. De aspecto, mi tía abuela se parecía mucho a esos árboles. Poseía ese aire anémico sin esperanza que los distingue de otros más elegantes. Era alta, de perfil adusto y flaca como una espada. La ropa se le pegaba al cuerpo. Estoy seguro de que si los dioses hubiesen podido imponerle el destino de Dafne, habría ocupado su puesto en la sombría fila, sencilla y naturalmente, otro álamo melancólico más.

Uno de los recuerdos más antiguos que conservo es la imagen de esta venerable pariente. Tanto viva como muerta, su participación en los sucesos que voy a narrar fue esencial. Creo, por otra parte, que estos sucesos no tienen igual en toda la experiencia del género humano.

Durante nuestras obligadas visitas a la tía Gertrude, en Maine, mi primo Harry y yo solíamos especular sobre su edad. ¿Tenía sesenta años o el doble? Nuestros datos eran imprecisos y su edad podía ser cualquiera. La anciana dama, que parecía vivir en el pasado, estaba rodeada de objetos anticuados. Durante sus breves momentos de comunicación tras la segunda taza de té, o fuera, donde los álamos proyectaban tenues sombras hacia el oeste, solía contarnos algo de sus supuestos antepasados. Digo supuestos porque jamás creímos que esos antepasados hubiesen existido.

Una genealogía es algo absurdo. La siguiente es de tía Gertrude, resumida al máximo:

Su tatarabuela (1599-1642) era una holandesa que se casó con un refugiado puritano y zarparon de Leiden hacia Plymouth en la nave *Ann* en el año del Señor de 1632. Esta madre fundadora tuvo una hija, la bisabuela de la tía Gertrude (1640-1718), que llegó al distrito oriental de Massachusetts a principios del siglo pasado y fue raptada por los indígenas en las guerras de Penobscot. Su hija (1680-1776) llegó a ver estas colonias libres e independientes y su aportación a la población de la naciente república fue de diecinueve valientes hijos y hermosas hijas. Una de ella (1735-1802) desposó a un capitán de barco de Wiscasset, dedicado al comercio con las Indias Occidentales, con quien embarcó. Aquella mujer vivió dos naufragios, uno en lo que hoy conocemos como Seguin Island, y el otro en San Salvador, donde precisamente nació tía Gertrude.

La narración del relato familiar nos cansó y quizá la repetición constante y la descortés insistencia con que introducía las mencionadas fechas en nuestros jóvenes oídos nos transformó en escépticos. Como he dicho, los antepasados de la tía Gertrude no nos merecían demasiada confianza y nos parecían sumamente improbables. Creíamos que las bisabuelas, abuelas y demás eran solo mitos, en tanto que la protagonista de todas sus supuestas aventuras era la propia tía Gertrude, que habría sobrevivido siglo tras siglo, mientras que generaciones enteras de sus coetáneos morían como cualquier hijo de vecino.

En el primer descansillo de la escalera de la mansión, se alzaba un alto reloj holandés. Su caja medía más de dos metros y medio, era de una madera roja oscura que no era caoba y tenía unas curiosas incrustaciones de plata. No era un mueble común. Cien años atrás, había prosperado en la ciudad de Brunswick un relojero llamado Cary, artesano industrioso e íntegro. Pocas casas acomodadas de aquella zona de la costa carecían de un reloj Cary. Pero el de la tía Gertrude había marcado las horas y los minutos durante dos siglos enteros antes de que el artesano de Brunswick llegase a este mundo.

Funcionaba ya cuando Guillermo el Taciturno[4] rompió los diques para socorrer a la asediada Leiden. El nombre del fabricante, Jan Lipperdam, así como la fecha de 1572 todavía eran legibles en anchas letras y números negros que ocupaban casi toda la esfera. Las obras maestras de Cary eran humildes y recientes frente a este antiquísimo aristócrata. Tenía muy bien pintada la alegre luna holandesa, puesta allí para mostrar sus fases sobre un paisaje de molinos de viento y pólderes.[5] Una mano ducha había tallado el siniestro adorno de la parte superior, una calavera atravesada por una espada de doble filo.

Como todos los relojes del siglo XVI, este carecía de péndulo. Un sencillo escape de Van Wyck controlaba el descenso de las pesas hasta el fondo de la caja.

Sin embargo, las pesas nunca se movían. Año tras año, cuando Harry y yo regresábamos a Maine, veíamos que las saetas del viejo reloj indicaban las tres y cuarto, la misma hora que la primera vez que las vimos. La gruesa luna colgaba eternamente en el tercer cuarto, tan quieta como la calavera de arriba. Algún misterio flotaba en torno a aquel movimiento silenciado y a aquellas saetas inmóviles. La tía Gertrude nos contó que el mecanismo dejó de funcionar el día en que un rayo atravesó el reloj y nos enseñó un orificio oscuro en un

[4] Guillermo de Orange (1533-1584) fue el principal caudillo de los holandeses en su guerra contra los españoles, que daría lugar a la Guerra de los Ochenta Años.
[5] Superficies ganadas al mar en los Países Bajos.

costado de la caja, junto a la parte superior, desde donde partía una abismal hendedura de unos cuantos palmos.

Esta explicación no nos convenció, ya que no aclaraba su violento rechazo a nuestra propuesta de recurrir a los servicios de un relojero cercano, ni la rara agitación que mostró cuando sorprendió a Harry en una escalera de mano, empuñando una llave prestada, dispuesto a probar por su cuenta la vida suspendida del reloj.

Una noche de agosto, habiendo dejado ya atrás nuestra niñez, me despertó un ruido procedente del salón. Sacudí a mi primo para despertarlo.

—Hay alguien en la casa —le susurré.

Salimos de nuestra habitación sin hacer ruido y llegamos a las escaleras. Desde abajo llegaba una luz mortecina. Contuvimos el aliento y descendimos sigilosamente hasta el segundo descansillo. Harry me asió el brazo y señaló sobre el pasamanos, llevándome al mismo tiempo hacia las sombras. Vimos entonces algo extraño. La tía Gertrude estaba de pie sobre una silla, delante del viejo reloj, tan fantasmal con su camisón y su gorro de dormir blancos como los álamos cubiertos de nieve. El piso crujió entonces levemente bajo nuestros pies. Ella se giró con un movimiento súbito y escudriñó las tinieblas mientras sostenía una vela en nuestra dirección, de modo que la luz bañaba su cara pálida. Me pareció entonces mucho más mayor que cuando le había deseado las buenas noches. Se quedó inmóvil unos minutos, salvo por el brazo trémulo que sostenía la vela. Después, sin duda tranquilizada, colocó la luz en un estante y volvió a ocuparse del reloj.

Vimos que mi tía sacaba una llave de detrás de la esfera y daba cuerda a las pesas. Podíamos oír su respiración corta y rápida. Sus manos se apoyaban a ambos lados de la caja y su rostro se mantenía cerca de las manecillas, como si estuviese examinándolas con ansia. Así permaneció largo rato. La oímos exhalar un suspiro de alivio y durante un instante se volvió ligeramente hacia nosotros. Nunca olvidaré la expresión de salvaje júbilo que transformó sus facciones en ese instante. Las manecillas del reloj se movían, pero hacia atrás. La tía Gertrude rodeó el reloj con ambos brazos y presionó contra el aparato su mejilla macilenta. Lo besó varias veces. Lo acarició de cien formas distintas, como si hubiese sido algo vivo y querido. Lo mimaba y le susurraba palabras que podíamos oír pero no entendíamos. Las agujas continuaban su movimiento inverso. Entonces, se echó atrás con un grito repentino.

El reloj se había detenido. Vimos que su cuerpo alto se tambaleaba unos segundos sobre la silla. Extendió los brazos con un gesto de terror y desesperación convulsivos, recolocó violentamente el minutero en su posición de las tres y cuarto habitual, y se desplomó en el suelo.

II

La tía Gertrude me dejó en su testamento sus acciones bancarias y de la empresa de gas, sus títulos inmobiliarios, los ferroviarios y otros bienes. A Harry le dejó el reloj. Pensamos que aquella división era muy desigual y sorprendente porque mi primo parecía haber sido siempre su predilecto. Hicimos un minucioso examen del antiguo aparato, aunque con poca seriedad, auscultando la caja de madera en busca de cajones ocultos e incluso tanteando con una aguja de tejer el sencillo mecanismo. Queríamos cerciorarnos de que nuestra caprichosa tía no hubiese ocultado algún codicilo u otro documento similar que cambiase el aspecto del asunto. Sin embargo, no descubrimos nada.

En el testamento había establecido un legado para nuestros estudios en la Universidad de Leiden. Nos marchamos de la academia militar en donde habíamos aprendido algo sobre las teorías de la guerra y mucho sobre el arte de estar de pie con la nariz en perpendicular a las puntas de los pies, y nos embarcamos de inmediato. Nos acompañó el reloj y pocos meses después ocupaba un rincón en una habitación de la Breede Straat.

El fruto del ingenio de Jan Lipperdam, devuelto a su ambiente original, continuó dando las tres y cuarto con su fidelidad de siempre. Hacía casi trescientos años que el creador del reloj yacía bajo tierra. La destreza de todos los herederos de su arte que había en Leiden no pudo hacerlo avanzar hacia delante ni hacia atrás. Enseguida aprendimos el neerlandés necesario para entendernos con la gente del pueblo, los profesores y gran parte de los más de ochocientos estudiantes con quienes nos relacionábamos. Este idioma, que al principio parece tan complicado, es solo una especie de inglés modificado. Dé unas vueltas a esa lengua y enseguida le entrará en la cabeza como esos criptogramas que consisten en escribir de corrido todas las palabras de una frase y dividirla después en los lugares que no corresponden. El conocimiento del idioma y la novedad de cuanto nos rodeaba pronto se agotaron y entonces nos dedicamos a ocupaciones más o menos regulares. Harry se entregó con cierta perseverancia a estudiar sociología, haciendo hincapié en las amables doncellas de cara redonda de Leiden. Yo me dediqué a la metafísica superior.

Al margen de nuestros respectivos estudios, teníamos en común un interés inagotable. Para asombro nuestro, descubrimos que ni siquiera uno de cada veinte miembros de la facultad o de los estudiantes sabía algo o quería saberlo de la gloriosa historia de la ciudad o, al menos, de las circunstancias en que el Príncipe de Orange había fundado la universidad. Frente a la indiferencia general estaba el entusiasmo del catedrático Van Stopp, el tutor que yo había escogido para cruzar las nebulosas de la filosofía especulativa. Aquel eminente hegeliano era un anciano consumido por el tabaco, con un casquete sobre unas facciones que me recordaban mucho las de mi tía Gertrude.

Si hubiese sido su hermano, la semejanza no habría sido mayor. Así se lo dije en cierta ocasión en que estábamos en la Stadthuis, contemplando el retrato del héroe del asedio, el burgomaestre Van der Werf. El profesor se rio y dijo:

—Voy a enseñarle algo que es una coincidencia mucho más extraordinaria.

Me llevó entonces a través del salón hasta el gran cuadro del asedio, pintado por Warmers, y me señaló la figura de un ciudadano que participaba en la defensa. Era cierto. Van Stopp podría haber sido perfectamente un hijo de aquel ciudadano y este podría haber sido el padre de la tía Gertrude.

El catedrático parecía haberse encariñado con nosotros. A menudo lo visitábamos en sus habitaciones en un antiguo caserón de la Ripenburg Straat, una de las pocas casas construidas antes de 1574 que aún seguían en pie. Él solía acompañarnos a pie por los pintorescos suburbios de la ciudad, por los caminos rectos jalonados de álamos que nos devolvían a la orilla del Sheepscot. Nos llevaba a la cima de una torre romana en ruinas del centro de la ciudad y a las mismas murallas almenadas desde donde trescientos años antes ojos ansiosos habían observado el avance lento de la flota del almirante Boisot sobre los pólderes inundados. Nos señaló el gran dique del Larrelscheiding, roto para que el mar pudiese ayudar a los Zelandeses de Boisot a reunir a los aliados y alimentar a los habitantes famélicos. Nos mostró el cuartel general del español Valdez en Leyderdorp y nos contó cómo una borrasca envió un violento viento del noroeste la noche del primero de octubre, acumulando el agua donde había sido de escasa profundidad y arrastrando a la flota entre Zoeterwoude y Zweiten, hasta las murallas de la fortaleza de Lammen, el último baluarte de los sitiadores y último obstáculo en la ruta de auxilio a los hambrientos habitantes. Nos enseñó a continuación el lugar donde, la noche anterior a la retirada del ejército sitiador, los valones procedentes de Lammen abrieron una gigantesca brecha en la muralla de Leiden, cerca de Cow Gate.

—¡Vaya! —gritó Harry, contagiado por la elocuencia de la narración del catedrático—. Ese fue el punto decisivo del asedio.

El catedrático no respondió. Permaneció con los brazos cruzados, mirando fijamente los ojos de mi primo.

—Porque —prosiguió Harry—, si no hubiesen vigilado ese lugar, o si la defensa hubiese fallado y hubiera tenido éxito el asalto nocturno desde Lammen, la ciudad habría ardido y el pueblo habría sido masacrado ante los ojos del almirante Boisot y la flota de auxilio. ¿Quién defendió la brecha?

Van Stopp respondió con lentitud, como si midiese cada palabra:

—La historia habla de la explosión de una mina bajo la muralla de la ciudad durante la última noche del sitio. Sin embargo, no cuenta lo que sucedió durante la defensa ni quién fue el defensor. Lo que sí es cierto es que no hay hombre viviente que haya tenido sobre sus espaldas una responsabilidad como la que puso el destino en manos de este héroe desconocido. ¿Fue la suerte quien lo envió a afrontar ese peligro inesperado? Piensen en algunas de las consecuencias que habría acarreado su fracaso. La caída de Leiden habría acabado con la última esperanza del Príncipe de Orange y de los estados libres. Se habría restablecido la tiranía de Felipe.[6] El nacimiento de la libertad religiosa y del gobierno del pueblo habría quedado aplazado quién sabe cuántos siglos. ¿Quién

[6] Se refiere al rey Felipe II de España.

sabe si habría existido una república de los Estados Unidos de Norteamérica si no hubiese existido una Holanda Unida? Nuestra universidad, que ha dado al mundo a Grocio, Scaliger, Arminio y Descartes, se fundó gracias a la exitosa defensa de la brecha por parte de este héroe. A él le debemos nuestra presencia hoy aquí. Es más, le deben ustedes su propia existencia. Sus antepasados eran oriundos de Leiden, y él se interpuso aquella noche entre sus vidas y los carniceros de extramuros.

El pequeño catedrático pareció crecer ante nosotros. Era un gigante de entusiasmo y patriotismo. Los ojos le brillaban y tenía las mejillas arreboladas.

—¡Regresen a su casa, muchachos —dijo Van Stopp— y den gracias a Dios por la existencia de aquellos dos ojos vigilantes y aquel intrépido corazón en las murallas de la ciudad, más allá de la Cow Gate, mientras los ciudadanos de Leiden trataban de divisar la flota en el Zoeterwoude!

III

La lluvia salpicaba las ventanas una velada del otoño de nuestro tercer año en Leiden, cuando el catedrático Van Stopp nos visitó en la Breede Straat. Jamás había visto al anciano caballero de un humor tan excelente. No paraba de hablar. Los chismes de la ciudad, las noticias de Europa, las novedades de la ciencia, la poesía y la filosofía iban desfilando a su debido tiempo y recibían el mismo trato alegre. Quise que hablara de Hegel, con cuyo capítulo sobre la complejidad e interdependencia de las cosas yo estaba lidiando en esos momentos.

—¿No comprende el retorno del sí mismo al sí mismo a través de lo otro? —dijo sonriente—. Bueno, pues ya lo comprenderá algún día.

Harry permanecía callado y con aire preocupado hasta que su silencio terminó contagiándose incluso al catedrático. La conversación decayó y continuamos sentados un buen rato sin decir nada. A ratos destellaba un relámpago seguido por un trueno lejano.

—Su reloj no funciona —dijo de pronto el catedrático—. ¿Lo ha hecho alguna vez?

—Nunca, que recordemos —respondí—. Bueno, una sola vez, y entonces fue hacia atrás. Fue cuando mi tía Gertrude...

Noté que Harry me lanzaba una mirada de advertencia. Me reí y tartamudeé.

—Es un reloj viejo e inútil. No se puede hacer que funcione bien.

—¿Solo hacia atrás? —dijo con calma el catedrático, como si no notase mi turbación—. Bueno, ¿por qué no podría retroceder un reloj? ¿Por qué no daría vuelta el tiempo a su propio curso?

Parecía esperar una respuesta y yo carecía de ellas.

—Lo consideraba lo bastante hegeliano como para admitir que toda condición tiene su propia contradicción —prosiguió—. El tiempo es una condición, no un elemento esencial. Si se mira desde el punto de vista de lo absoluto, la secuencia por la cual el futuro sigue al presente y el presente sigue al pasado es arbitraria. Ayer, hoy y mañana. No hay razón en la naturaleza de las cosas para que el orden no pudiese ser mañana, hoy y ayer.

Un trueno más nítido interrumpió sus especulaciones.

—El día se produce por la rotación del planeta sobre su eje en sentido levógiro. Supongo que podrá pensar en condiciones en las cuales podría girar en sentido dextrógiro, como si desenrollase las rotaciones de eras pasadas. ¿Cuesta imaginar al tiempo desenrollándose? ¿El reflujo de la marea del tiempo, en lugar del flujo; el pasado desplegándose, mientras el futuro se aleja; los siglos retrocediendo; los acontecimientos dirigiéndose al inicio y no hacia el fin como en estos momentos?

—Sin embargo, sabemos que, hasta donde nos concierne —tercié—, el...

—¡Sabemos! —exclamó Van Stopp, con sorna—. Su inteligencia no tiene alas. Siguen los pasos de Compte y de su triste caterva de arrastrados y cobardes. Hablan con una pasmosa seguridad de su posición en el universo. Parecen creer que su mezquina y pequeña individualidad tiene un punto de apoyo firme en el absoluto. Sin embargo, esta noche se acostarán para soñar con la vida de hombres, mujeres, niños y bestias del pasado o del futuro. ¿Cómo puede saber si ahora usted mismo, con toda la vanidad de sus pensamientos decimonónicos, es solo la creación de un sueño del futuro, soñado, digamos, por un filósofo del siglo XVI? ¿Cómo puede saber si es algo más que la creación de un sueño del pasado, soñado por algún hegeliano del siglo XXIII? ¿Cómo puede saber, joven, que no desaparecerá en el siglo XVI o el año 2060, cuando despierte quien está soñando?

No había réplica posible a aquella metafísica pura. Harry bostezó. Me puse en pie y fui a la ventana. Van Stopp se acercó al reloj.

—Ay, muchachos —dijo—, no existe un devenir señalado para los sucesos humanos. Pasado, presente y futuro están tejidos todos ellos en una inextricable malla. ¿Quién puede decir que este reloj no está en lo correcto retrocediendo?

Un trueno sacudió la casa. La tormenta estaba sobre nosotros. Apenas hubo desaparecido el destello cegador, Van Stopp se hallaba sobre una silla ante el aparato. Su rostro era más que nunca como el de la tía Gertrude y su posición era la misma que había adoptado ella aquel último cuarto de hora en que dio cuerda al reloj. El mismo pensamiento nos sacudió a Harry y a mí.

—¡No! —gritamos mientras él empezaba a dar cuerda al mecanismo—. Puede significar la muerte si...

Las facciones escuálidas del catedrático brillaban con aquel extraño entusiasmo que había transformado las de la tía Gertrude.

—Es cierto —dijo—, podría significar la muerte para mí y también el despertar. El pasado, el presente y el futuro enlazados entre sí. La lanzadera va de aquí para allá, adelante y atrás...

Había dado cuerda al reloj. Las manecillas empezaron a barrer vertiginosamente la esfera en sentido antihorario, con una asombrosa rapidez. Era como si su movimiento nos arrastrase también a nosotros. Las eternidades parecían contraerse en minutos, mientras que las vidas humanas eran expulsadas a cada latido. Van Stopp, con los brazos extendidos, se tambaleaba en su silla como si estuviese ebrio. La casa trepidó de nuevo por un terrible estallido de la tormenta. En ese instante una bola de fuego que dejó una estela de vapor sulfuroso y llenó la habitación con su luz cegadora pasó sobre nuestras cabezas y golpeó el reloj. Van Stopp estaba tumbado. Las saetas dejaron de girar.

IV

El estampido del trueno era como un continuo cañoneo. El fulgor de los relámpagos era como la luz sostenida de una conflagración. Cubriéndonos los ojos con las manos, Harry y yo salimos a la noche. Bajo un cielo rojizo, la gente corría hacia la Stadthuis.[7] Las llamas en la zona de la torre romana revelaron que el centro de la ciudad ardía. Las caras de quie-

[7] Ayuntamiento.

nes vimos estaban descoloridas y demacradas. Nos llegaban de todas partes frases inconexas de queja y desesperación.

—La carne de caballo a diez chelines la libra —protestó alguien— y el pan a dieciséis.

—¡Pan! —replicó una anciana—. Hace ocho semanas que no veo una miga. Mi nieta, la cojita, murió anoche.

—¿Saben lo que ha hecho Gekke Betje, la lavandera? Estaba muerta de hambre. Se le murió el bebé, así que ella y su marido…

Un cañonazo más atronador interrumpió bruscamente aquella revelación. Fuimos a la ciudadela, cruzándonos aquí y allá con soldados y con muchos ciudadanos de mirada triste bajo sus sombreros de fieltro de ala ancha.

—Donde está la pólvora hay pan y perdón. Esta mañana Valdez ha lanzado sobre las murallas la proclama de otra amnistía.

Una multitud nerviosa rodeó de inmediato a quien hablaba gritando.

—Pero ¿y la flota?

—La flota ha encallado en el pólder de Greemway. Boisot mira al mar esperando viento favorable hasta que el hambre y la peste hayan acabado con todos los hijos de la ciudad y su nave no estará por eso ni un cabo más cerca. Muerte por peste, de hambre, por el fuego y las descargas de la fusilería… Eso nos ofrece el burgomaestre a cambio de la gloria para sí mismo y el reino para Orange.

—Solo nos pide que resistamos veinticuatro horas más —dijo un fornido ciudadano— y que entretanto roguemos que sople viento desde el océano.

—Ah, sí —dijo el que había gritado antes—. Rezad. Hay pan de sobra guardado bajo llave en la bodega de Pieter Adrianzoon van der Werf. Ya os digo yo que eso es lo que le da un estómago tan maravilloso para resistir al Muy Católico Rey.

Una joven de trenzas rubias se abrió paso a través del gentío y enfrentó al hombre.

—Buena gente, no lo escuchéis —dijo ella—. Es un traidor con corazón de español. Soy la hija de Pieter. No tenemos pan. Hemos comido tortas de malta y nabos silvestres, como los demás, hasta que se acabaron. Después hemos pelado las hojas verdes de los tilos y los sauces de nuestro jardín y nos las hemos comido. Hemos comido hasta los cardos y la maleza que crecían entre las piedras que hay junto al canal. Ese cobarde miente.

No obstante, la insinuación había hecho mella. La muchedumbre, que ahora era en una turba, marchaba hacia la casa del burgomaestre como una furiosa marea. Un rufián levantó la mano para golpear a la joven y apartarla del camino. En unos segundos el canalla estaba caído en el suelo bajo los pies de sus compañeros. Harry, jurando y furioso, estaba junto a la joven, desafiando en buen inglés a espaldas de la multitud que se retiraba rápidamente. La joven rodeó espontáneamente su cuello y lo besó.

—Gracias —dijo—. Eres muy valiente. Me llamo Gertruyd van der Wert.

Harry buscaba torpemente las frases apropiadas en holandés pero ella no podía esperar sus cumplidos.

—Harán daño a mi padre —dijo y nos guio apresuradamente por callejuelas angostas hacia la plaza del mercado, dominada por la iglesia con sus dos agujas—. Allí está —exclamó—, en los escalones de San Pancracio.

En el mercado había un tumulto. La lucha que rugía más allá de la iglesia y las voces de los cañones españoles y valones extramuros eran menos airadas que el bramido de aquella muchedumbre desesperada clamando por el pan que les traería una sola palabra de los labios de su conductor.

—Ríndete al rey —aullaban— o enviaremos tu cadáver a Lammen como prueba de la capitulación de Leiden.

Un hombre alto, una cabeza más alto que cualquiera de los ciudadanos que lo increpaban, de tez tan cetrina que nos preguntamos cómo podía ser el padre de Gertruyd, oyó la amenaza en silencio. Cuando el burgomaestre habló, la turbamulta atendió pese a su furia.

—¿Qué pedís, amigos? ¿Qué faltemos a nuestra promesa y rindamos Leiden a los españoles? Eso significa someternos a un destino mucho peor que la muerte por inanición. ¡Debo cumplir el juramento! Matadme si debéis hacerlo. Solo puedo morir una vez a vuestras manos o a las del enemigo o por la mano de Dios. Muramos de hambre si es nuestro destino y demos nuestra bienvenida a la muerte si llega en lugar de la deshonra. Vuestras amenazas no me afectan y pongo mi vida a vuestra disposición. Tomad mi espada, hundídmela en el pecho y repartíos mi carne para aplacar vuestra hambre. Mientras viva, no esperéis que capitule.

Se hizo un nuevo silencio mientras la masa dudaba. Se oyeron entonces murmullos a nuestro alrededor y, dominándolos, resonó la voz nítida de la joven cuya mano aún tenía agarrada Harry… innecesariamente o, al menos, eso me parecía a mí.

—¿No notáis el viento del mar? Ya ha llegado. ¡A la torre! El primero que llegue divisará a la luz de la luna las velas blancas hinchadas de las naves del príncipe.

Durante varias horas recorrí en vano las calles de la ciudad buscando a mi primo y a su compañera. El desplazamiento repentino de la gente hacia la torre romana nos había separado. Vi señales obvias por doquier del duro castigo que había llevado a aquel valiente pueblo al borde de la desesperación.

Un hombre de mirada famélica perseguía a una rata flaca por la orilla del canal. Una joven madre, con dos bebés muertos en los brazos, estaba sentada en el umbral de una puerta adonde llevaban los cadáveres de su esposo y su padre, recién caídos en las murallas.

En medio de una calle desierta, pasé junto a una pila de cadáveres sin enterrar que superaba mi altura. La pestilencia había actuado allí, más generosa que los españoles, pues no ofrecía promesas traicioneras mientras asestaba sus golpes mortales. Por la mañana, el viento arreció hasta convertirse en un vendaval. Ya no se dormía en Leiden ni se hablaba de capitulación. No se pensaba más en la defensa ni importaba. Estas palabras afloraban a los labios de todos aquellos con quienes me topé:

—¡La luz del día traerá la flota!

¿Trajo la luz del día a la flota? La historia dice que sí, pero yo no lo presencié. Solo sé que antes del amanecer el viento se convirtió en una violenta tormenta de truenos. Al mismo tiempo, una explosión sorda, más fuerte que la tormenta, sacudió a la ciudad. Yo estaba entre la multitud que observaba desde el montículo romano, esperando ver las primeras señales del auxilio cercano. La sacudida borró la esperanza de todos los rostros.

—¡La mina ha alcanzado la muralla!

Pero ¿dónde? Me abrí paso hasta que vi al burgomaestre entre el resto de la gente.

—¡Deprisa! —murmuré—. Más allá de Cow Gate, a este lado de la Torre de Borgoña.

Me lanzó una mirada y se alejó dando zancadas, sin tratar de calmar el pánico general. Lo seguí de cerca. Fue una carrera de casi un kilómetro hasta el baluarte. Cuando llegamos a Cow Gate, vimos una gran brecha, donde había estado la muralla, abierta hacia los campos pantanosos. En el foso, fuera y abajo, una confusión de rostros de hombres miraba hacia arriba mientras luchaban como demonios para llenar el boquete y ahora ganaban unos metros y luego eran repelidos hacia atrás. Sobre el baluarte destrozado, un puñado de soldados y gente del pueblo formaban una muralla viviente donde no había materiales. Unas cuantas mujeres y jóvenes pasaban piedras a los defensores, baldes de agua hirviente, brea, aceite y cal viva, mientras algunas arrojaban alquitrán ardiente sobre las cabezas de los españoles del foso. Mi primo Harry dirigía a los hombres mientras Gertruyd, la hija del burgomaestre, alentaba a las mujeres.

Lo que más me llamó la atención fue la frenética actividad de una figurita de negro que, con un cucharón, arrojaba plomo fundido sobre las cabezas de los asaltantes. Cuando se volvió hacia el fuego con la caldera que le proveía la munición, sus rasgos se mostraron a la luz. Di un grito de asombro. Quien vertía el plomo fundido era el catedrático Van Stopp. El burgomaestre Van der Werf se volvió al oír mi súbita exclamación y entonces le dije:

—¿Quién es ese? ¿El hombre junto a la caldera?

—Ese es el hermano de mi esposa, el relojero Jan Lipperdam —replicó Van der Werf.

El problema de la brecha acabó antes de que tuviésemos tiempo de comprender lo que sucedía. Los españoles que habían derribado el muro de ladrillos y piedras vieron que la muralla humana era inexpugnable. No pudieron mantener siquiera sus posiciones en el foso y fueron empujados hacia la oscuridad. En aquel momento sentí un dolor agudo en el brazo izquierdo. Algún proyectil perdido debió alcanzarme mientras contemplaba la lucha.

—¿Quién ha sido? —preguntó el burgomaestre— ¿Quién ha vigilado hoy mientras los demás nos esforzábamos como tontos por ver lo que pasaría mañana?

Gertruyd van de Werf se adelantó orgullosamente, guiando a mi primo.

—Padre —dijo—, él me ha salvado la vida.

—Eso es mucho para mí, pero no todo —dijo el burgomaestre—. Ha salvado a Leiden y, por lo tanto, a toda Holanda.

Yo empezaba a sentir los efectos del mareo. Las caras a mi alrededor parecían irreales. ¿Qué hacíamos con esta gente? ¿Por qué seguían los truenos y los relámpagos? ¿Por qué el relojero Jan Lipperdam me miraba con el rostro del catedrático Van Stopp?

—¡Harry! —dije— volvamos a nuestras habitaciones.

Pero, aunque tomó fuerte y afectuosamente mi mano, su otra mano agarraba aún la de la muchacha y no se movió. Entonces me invadió una especie de náusea y mi cabeza comenzó a dar vueltas. El boquete y sus defensores desaparecieron de mi vista.

V

Tres días más tarde me estaba sentado con un brazo vendado en mi asiento de siempre en el aula de Van Stopp. El sitio a mi lado estaba vacío.

—Oímos hablar mucho —dijo el catedrático hegeliano mientras leía de una libreta de notas con su habitual tono seco y apresurado— de la influencia del siglo XVI sobre el XIX. Por lo que yo sé, ningún filósofo ha estudiado la influencia del siglo XIX sobre el XVI. Si la causa produce el efecto, ¿es que el efecto jamás induce la causa? La ley de la herencia, a diferencia de las demás leyes de este universo de mente y materia, ¿funciona solo en un sentido? ¿Le debe el descendiente todo al ascendiente y este último nada al descendiente? El destino, que puede apoderarse de nuestra existencia y llevarnos por sus propias razones hacia el lejano futuro, ¿jamás nos lleva al pasado?

Regresé a mis habitaciones en la Breede Straat, donde no tenía más compañero que el silencioso reloj.

EL MUNDO DEL HOMBRE CIEGO

Edward Bellamy

Esta nota introduce el relato que se encontró entre los trabajos del difunto catedrático S. Erastus Larrabee y, como era un conocido del caballero a quien se los legaron, me pidieron que preparase su publicación. Esto fue una tarea sencilla, pues el documento resultó ser tan extraordinario que, si se publicase, sin lugar a duda no debería modificarse. Parece que el profesor, en un momento de su vida, tuvo realmente un ataque de vértigo o algo así en circunstancias parecidas a las que él mismo describe, y en ese aspecto su relato puede basarse en hechos. Si se cambia ese fundamento, el lector debe concluir por sí mismo. Parece que mientras vivía el profesor nunca habló con nadie de los rasgos más curiosos de la experiencia que refiere aquí, pero esto podría haber sido por temor a que se viese perjudicada su posición como científico.

EL RELATO DEL PROFESOR

Yo era profesor de astronomía y matemáticas superiores en el Abercrombie College cuando sucedió la experiencia que estoy a punto de narrar. La mayoría de los astrónomos tienen una especialidad. La mía fue el estudio del planeta Marte,[8] nuestro vecino más cercano en la pequeña familia del Sol.

[8] Se trata de un error del autor. El planeta más cercano a la Tierra es Venus, situado a 40 millones de km de distancia, mientras que Marte se sitúa a 54,6 millones de km.

Cuando los fenómenos celestes de importancia en otros lugares dejaban de exigir mi atención, enfocaba casi siempre mi telescopio hacia el disco rojizo de Marte. Jamás me cansaba de trazar los contornos de sus continentes y mares, sus cabos e islas, sus bahías y estrechos, sus lagos y montañas. Observé con sumo interés semana tras semana durante el invierno marciano el avance del casquete polar hacia el ecuador y su correspondiente retroceso durante el verano, siendo así testigo a través del espacio con claridad de la existencia en ese planeta de un clima como el nuestro. Una especialidad siempre corre peligro de transformarse en un enamoramiento, y mi interés por Marte, en el momento en el que escribo, se había transformado en algo que superaba lo estrictamente científico. La impresión de cercanía de este planeta, incrementada por la maravillosa nitidez de su geografía estudiada a través de un potente telescopio, aguijonea con fuerza la imaginación del astrónomo. En las noches despejadas solía pasarme las horas muertas no tanto observando con ojo crítico como reflexionando sobre su radiante superficie. Así fue cómo casi pude convencerme de que veía las olas romper en las abruptas orillas de la tierra de Kepler, que percibía el amortiguado trueno de los aludes que se deslizaban por el río y las montañas cubiertas de nieve de Mitchell. Ningún paisaje terráqueo tenía el encanto suficiente como para apartar mi mirada de ese planeta lejano, cuyos océanos, para el ojo inexperto, parecen más oscuros y sus continentes más claros, llenos de manchas y franjas.

Los astrónomos han estado de acuerdo al aseverar que Marte es inequívocamente habitable por seres como nosotros. No obstante, como puede suponerse, yo no estaba de humor para quedarme satisfecho considerándolo simplemente habitable. No admitía ningún tipo de duda en cuanto a que estaba habitado. ¿Qué clase de seres podrían ser los marcianos? Aquello me pareció una especulación fascinante. La variedad de tipos que existen entre los seres humanos incluso en nuestra pequeña Tierra hace que sea muy fatuo suponer que los habitantes de otros planetas puedan no ser incluso más diversos. Además de una semejanza general con el hombre, ¿en qué podría consistir esa diversidad? Podría consistir en meras diferencias físicas o en leyes mentales distintas, en la ausencia de algunos de los grandes motores pasionales humanos o en la posesión de otros muy distintos. Aquellos temas eran extraños, atracciones fallidas para mi mente. Las visiones de El Dorado que inspiraron a los primeros exploradores españoles el misterio sin desentrañar del Nuevo Mundo eran mansas y pedestres comparadas con las teorías a las que era legítimo abandonarse cuando el problema eran las condiciones de vida en otro planeta.

Era la época del año en que Marte está en un punto más favorable para ser observado, de manera que estaba ansioso por no perder ni una hora de esa preciosa estación y me había pasado varias noches sucesivas en el observatorio. Creí haber hecho algunas observaciones originales sobre la tendencia de la costa de la tierra de Kepler entre la península de Lagrange y la bahía de Christie. Este punto fue el que centró mis observaciones.

La cuarta noche, otras tareas me alejaron de la silla de observación hasta pasada la medianoche. Cuando ajusté las lentes y miré por primera vez Marte, recuerdo que no pude contener un grito de admiración. El planeta era deslumbrante. Parecía más cercano y mayor de lo que jamás lo había visto antes, y su peculiar rubor se me antojó más sorprendente. De hecho, tras treinta años de observaciones no recuerdo ninguna ocasión en la que la nitidez de nuestra atmósfera haya coincidido con una ausencia de nubes tal en el cielo marciano como aquella noche. Pude distinguir a la perfección las masas blancas de vapor en los bordes opuestos del disco iluminado, que son las brumas de su amanecer y anochecer. La masa nevada del

Monte Hall frente a la tierra de Kepler destacaba con una deslumbrante claridad. Pude detectar el tono azul del océano de De La Rue, que baña su base, una hazaña de visión a menudo lograda por los observadores de estrellas, aunque jamás lo había logrado a mi entera satisfacción.

Supe que si alguna vez hacía un descubrimiento original sobre Marte, sería esa noche y creí que debería hacerlo. Temblé con una mezcla de exultación y nerviosismo, de manera que hube de hacer una pausa para recobrar el autocontrol. Finalmente, llevé el ojo al ocular y dirigí la mirada hacia la parte del planeta en la que estaba más interesado. Mi atención pronto se quedó fija y absorbida mucho más allá de lo que solía hacerlo al observar, cosa que en sí misma no suponía un grado ordinario de abstracción. A todos los efectos mentales, me hallaba en Marte. Cada facultad, cada delicadeza de los sentidos y del intelecto, parecía pasar gradualmente al ojo y concentrarse en el acto de mirar. Cada átomo de nervios y fuerza de voluntad se aunaron en la tensión para ver un poco, un poco más claro, más lejos y más hondo.

Lo siguiente que recuerdo es que estaba en el camastro que había en un rincón de la sala de observación, medio incorporado sobre un codo, mirando fijamente a la puerta. Era de día. Me rodeaban media docena de hombres, varios profesores y un médico del pueblo incluidos. Algunos trataban de acostarme, otros me preguntaban qué deseaba, mientras el médico me instaba a beber un trago de licor. Rechazando mecánicamente sus cuidados, señalé la puerta y exclamé: «El rector Byxbee… viene», expresando la única idea que contenía en ese momento mi mente aturdida. Efectivamente, mientras hablaba, se abrió la puerta, y el venerable rector de la universidad, jadeante tras subir la empinada escalera, se detuvo en el umbral. Me dejé caer sobre la almohada con una increíble sensación de alivio.

Parece ser que la noche anterior me había desmayado mientras estaba en el sillón de observación. El conserje me había encontrado por la mañana, con la cabeza inclinada hacia delante en el telescopio, como si continuase observando, pero con el cuerpo frío, rígido, sin pulso, aparentemente muerto.

Me recuperé en un par de días y pronto debería haber olvidado aquel episodio si no fuese por una hipótesis muy interesante que me había sugerido. Fue nada menos que, mientras estaba desvanecido, me hallaba consciente, pero fuera de mi cuerpo, recibía impresiones y tenía poderes perceptivos. Para esta extraordinaria conjetura no tenía más prueba que el hecho de que sabía en el momento de despertar que el rector Byxbee estaba subiendo las escaleras. Pero por pequeña que fuese aquella pista, me pareció que su significado era inconfundible. Ese conocimiento estaba en mi mente cuando volví en mí. No pudo haber estado allí antes de que me desmayase. Así pues, debí obtener ese conocimiento mientras tanto; es decir, debí haber estado en un estado consciente y de percepción mientras mi cuerpo estaba insensible.

De haber sido ese el caso, razoné que era improbable que la impresión trivial del rector Byxbee hubiese sido la única que había recibido hallándome en aquel estado. Era mucho más probable que hubiese permanecido en mi mente al despertar del desmayo, sencillamente porque era la última de una serie de impresiones recibidas mientras estaba fuera de mi cuerpo. No me cabe ninguna duda de que estas impresiones eran del tipo más extraño y sorprendente, pues veía que eran de un alma incorpórea que ejercía facultades más espirituales que las corporales. El deseo de saber cuáles habían sido se adueñó de mí y se convirtió en un anhelo que no me dejaba en paz. Parecía insoportable guardar secretos conmigo mismo, que mi alma ocultase sus experiencias a mi mente. Habría consentido con sumo placer que las adquisiciones de la mitad de mi vida de vigilia se borrasen a cambio de ver el registro de lo que había visto y conocido durante las horas que mi memoria de vigilia no recordaba. Sin embargo, dada la convicción de su desesperanza y porque así lo desea la perversidad de nuestra naturaleza humana, el ansia de esta sabiduría prohibida creció en mí hasta que me obsesionó.

Cavilaba sin cesar sobre un deseo que sentía que era baldío, me tentaba poseer una pista que se burlaba de mí y finalmente mi estado físico se vio afectado. Mi salud se menoscabó y mi descanso nocturno se interrumpió. Reapareció el hábito de caminar dormido, cosas que no había vuelto a sufrir desde niño, y me causó muchas molestias. Ese había sido en general mi estado desde hacía un tiempo, cuando me desperté una mañana con esa rara sensación de cansancio con la que mi cuerpo solía traicionar el secreto de las imposiciones que lo controlaban durante el sueño, de las cuales, de otro modo, no habría sospechado nada. Al entrar en el estudio contiguo a mi habitación, vi varias hojas recién escritas sobre el escritorio. Asombrado de que alguien hubiese estado en mis habitaciones mientras dormía, al mirar más de cerca me asombró ver que era mi letra. Más me asombré al leer lo escrito y el lector podrá juzgar si es así. Aquellas hojas contenían el ansiado y desesperado registro de aquellas horas en que estuve fuera de mi cuerpo. Eran el capítulo perdido de mi vida o, más bien, no perdido porque no había formado parte de mi vida de vigilia, sino un capítulo robado de ese recuerdo onírico en cuyas tablillas misteriosas puede haber plasmados cuentos mucho más maravillosos que este.

Se recordará que mi último recuerdo antes de despertar en mi cama, la mañana siguiente al desmayo, fue que contemplaba la costa de la tierra de Kepler con una inusual atención. Por lo que sé, no mejor que cualquier otro, la narración que encontré en mi escritorio se inicia el momento en que mis poderes corporales sucumbieron y quedé inconsciente.

Aunque no hubiese llegado tan recto y veloz como el rayo de luz que recorrió mi camino, una mirada a mi alrededor me habría revelado a qué parte del universo me había dirigido. Ningún paisaje terrenal podría haber sido más familiar. Me hallaba en la costa alta de la tierra de Kepler, que desciende hacia el sur. Soplaba un fuerte viento del oeste y las olas del océano de De La Rue retumbaban a mis pies, mientras las amplias aguas azules de la bahía de Christie se extendían hacia el suroeste. En el horizonte norte, surgiendo del océano como un cumulonimbo estival, con el cual la confundí, se alzaba la lejana y nevada cumbre del monte Hall.

Aunque la configuración de la tierra y el mar me hubiese resultado menos familiar, habría sabido que me encontraba en el planeta cuya tonalidad rojiza es a la vez la admiración y el quebradero de cabeza de los astrónomos. Su explicación la veía ahora en el tono de la atmósfera, un color comparable a la neblina del veranillo de San Miguel, salvo que su tono era de un rosa tenue en vez de púrpura. Al igual que la bruma del veranillo, era impalpable, pero no impedía ver los objetos cercanos y lejanos bajo un glamur inenarrable. Sin embargo, al mirar hacia arriba, el azul profundo del espacio superaba el tinte rosado de tal modo que parecía la Tierra.

Al mirar a mi alrededor, vi a muchos hombres, mujeres y niños. Hasta donde yo alcanzaba a ver, no eran como los hombres, mujeres y niños de la Tierra, salvo por algo casi infantil en la paz de sus rostros, carentes de rastros de cuidado, miedo o ansiedad. Esta extraordinaria juventud de su aspecto dificultaba, salvo con un escrutinio cuidadoso, distinguir a los jóvenes de las personas de mediana edad, y a las maduras de aquella de edad avanzada. El tiempo no parecía tener el poder de morder en Marte.

Estaba mirando a mi alrededor, admirando aquel mundo iluminado en carmesí. Aquellos seres parecían tener la felicidad como una posesión mucho más firme que la de los hombres. Entonces oí las palabras «de nada». Al girarme vi que me había abordado un hombre con la estatura y el porte de la mediana edad, aunque su rostro, como los demás que había notado, reunía maravillosamente la fuerza de un hombre con la serenidad de un niño. Le di las gracias y repuse:

—No pareces sorprendido de verme y eso que estoy aquí.

—Claro que no —dijo—. Sabía que te vería hoy. Es más, puedo decir que, en cierto sentido, te conozco por un amigo en común, el profesor Edgerly. Estuvo aquí el mes pasado y lo conocí en ese momento. Hablamos de ti y de tu interés por nuestro planeta. Le dije que estaba esperándote.

—¡Edgerly! —exclamé—. Es raro que no me haya dicho nada de esto. Lo veo todos los días.

Pero recordé que Edgerly había visitado Marte en un sueño, como yo, y al despertar no había recordado nada de su experiencia, igual que yo no recordaría la mía. ¿Cuándo aprenderá el hombre a preguntar al alma onírica sobre las maravillas que ve en sus vagabundeos? Entonces no tendrá que mejorar sus telescopios para desentrañar los secretos del universo.

—¿Tu gente visita la Tierra de esta manera? —pregunté a mi compañero.

—Por supuesto —dijo—, pero allí no encontramos a nadie capaz de reconocernos y conversar con nosotros como converso yo ahora contigo, aunque yo me halle despierto. De momento, carecéis del conocimiento que nosotros poseemos sobre el lado espiritual de la naturaleza humana que compartimos con vosotros.

—Ese conocimiento debe haberte permitido aprender mucho más de la Tierra de lo que nosotros sabemos de vosotros —dije.

—Claro —respondió—. Lo adquirimos de visitantes como tú, que venís constantemente. Gracias a eso nos hemos familiarizado con vuestra civilización, vuestra historia, vuestros modales y hasta vuestra literatura y vuestras lenguas. ¿No te has dado cuenta de que estoy hablando contigo en inglés, que no es una lengua de este planeta?

—Con tantas maravillas, ni me había percatado —respondí.

—Llevamos siglos esperando que mejoréis vuestros telescopios y que los hagáis tan potentes como los nuestros —siguió mi compañero—. Una vez hecho esto, se establecería fácilmente una comunicación entre los planetas. Pero vuestros avances son tan lentos que aún tendremos que esperar años.

—Sí, me temo que así será —respondí—. Nuestros ópticos dicen que han llegado al límite de su ciencia.

—No pienses que hablo con petulancia —continuó mi compañero—. La lentitud de vuestros avances no es tan notable para nosotros como si no hicieseis ninguno por culpa de vuestra abrumadora torpeza. Si fuese así deberíamos sentarnos y desesperarnos.

—¿A qué torpeza te refieres? —pregunté—. Pareces tan humano como nosotros.

—Y lo somos —fue la respuesta—, salvo por un detalle que marca una tremenda diferencia. Compartimos las mismas dotes, pero vosotros carecéis de previsión, sin la cual creemos que nuestras demás facultades apenas valen nada.

—¡Previsión! —repetí—. ¿Quieres decir que puedes ver el futuro?

—Es un don que poseemos —repuso—. Sin embargo, por lo que sabemos, lo tienen todos los seres inteligentes del universo excepto vosotros. Nuestro conocimiento positivo solo llega a nuestro sistema de lunas y planetas y algunos de los sistemas más cercanos, así que tal vez en las zonas más remotas del universo pueda haber otras razas ciegas como la tuya, aunque parece improbable que se repita un espectáculo tan extraño y penoso. Debería bastarle al universo con una ilustración de las privaciones extraordinarias bajo las cuales todavía puede ser posible una existencia racional.

—Pero nadie puede conocer el futuro salvo por inspiración divina —dije.

—Todas nuestras facultades se inspiran en Dios —repuso—, pero seguramente no haya nada en la previsión que la haga más valiosa que cualquier otra. Piensa un momento en la analogía física del caso. Tienes los ojos en la parte delantera de la cabeza. Te parecería un error extraño que estuviesen detrás, algo hecho para frustrar su propósito. ¿No parece igualmente racional que la visión mental se extienda hacia delante, como nos ocurre a nosotros, e ilumine el camino que uno debe tomar, en vez de hacia atrás, como te sucede a ti, revelando solo el camino que has recorrido y del que no tienes que preocuparte más? Pero sin duda es un don misericordioso de la Providencia el que te hace incapaz de ver lo grotesco de tu situación, cosa que nosotros sí vemos.

—¡Pero el futuro es eterno! —exclamé—. ¿Cómo puede captarlo una mente finita?

—Nuestro conocimiento previo implica solo facultades humanas —dijo—. Se limita a nuestras trayectorias individuales en este planeta. Cada uno de nosotros prevé el curso de su propia vida, pero no el de otras vidas, salvo que estén relacionadas con la suya.

—Que un poder como el que describes pueda combinarse con facultades meramente humanas es más de lo que nuestros filósofos se han atrevido a soñar —dije—. Pero ¿quién dirá, al fin y al cabo, que no es la misericordia divina la que nos lo ha negado? Si prever la propia dicha es una alegría, debe ser muy deprimente prever las penas, los fracasos e incluso la muerte.

Porque si prevéis vuestras vidas hasta el final, anticiparéis la hora y la forma de vuestra muerte, ¿no?

—Sin duda —respondió—. Vivir sería algo muy precario si no supiésemos su límite. Tu ignorancia sobre el momento de tu muerte nos impresiona como uno de los rasgos más tristes de tu condición.

—Pero nosotros lo consideramos uno de los más misericordiosos —repuse.

—El conocimiento previo de la muerte no evita que se muera —prosiguió mi compañero—, pero te libra de las mil muertes que se sufren por la incertidumbre de contar con certeza que pasará un día. Lo que ensombrece tu existencia no es la muerte que mueres, sino estas muchas muertes que no mueres. Pobres criaturas con los ojos vendados, encogiéndote a cada paso por la aprensión del golpe que tal vez no caerá hasta la vejez, sin llevarte una copa a los labios con la certeza de que vivirás para beberla, inseguro de si verás de nuevo al amigo del que te separas durante una hora, a cuyos corazones ninguna felicidad basta para desterrar el escalofrío de un terror omnipresente. ¡Imagina la seguridad divina con la que disfrutamos nuestras vidas y las de aquellos a quienes amamos! Tenéis un proverbio en la Tierra: «El mañana es de Dios», pero aquí el mañana y el hoy nos pertenece a nosotros. Para ti, por algún motivo inescrutable, Dios cree oportuno repartir la vida instante tras instante, sin la seguridad de que ese no será el último. A nosotros nos da una vida de una vez, cincuenta, sesenta, setenta años, un don divino sin lugar a duda. Creo que una vida como la tuya nos parecería de poco valor, ya que una vida así, por larga que sea, es solo un momento, pues eso es todo con lo que puedes contar.

—Sin embargo —contesté—, aunque saber cuánto durará vuestras vidas pueda daros un envidiable sentimiento de confianza mientras el final está lejos, eso se compensa por el peso cada vez mayor sobre vuestras mentes de la expectativa del final a medida que se acerca.

—Al contrario —repuso—, la muerte nunca da miedo. Conforme se acerca, va transformándose en algo indiferente para el moribundo. Como vives en el pasado, la muerte te resulta dolorosa. Todo tu conocimiento, tus afectos y tus intereses están arraigados en el pasado. Por eso, conforme la vida se alarga, refuerza su influjo sobre ti y la memoria se convierte en una posesión más valiosa. Nosotros, en cambio, despreciamos el pasado y nunca nos detenemos en él. Para nosotros, lejos de ser el crecimiento morboso y monstruoso que es para vosotros, la memoria es solo una facultad rudimentaria. Vivimos en el futuro y en el presente. Con el gusto previo y el actual, nuestras experiencias placenteras y dolorosas pierden interés cuando pasan. Los tesoros acumulados de la memoria, a los que tan dolorosamente te abandonas en la muerte, no son para nosotros una pérdida. Nuestras mentes se alimentan del futuro, pensamos y sentimos solo según prevemos. Así, conforme se reduce el futuro del moribundo, hay cada vez menos en lo que pueda ocupar sus pensamientos. Su interés por la vida disminuye al mismo ritmo que las ideas que sugiere, hasta que la muerte lo encuentra con la mente en blanco, como vosotros cuando nacéis. En pocas palabras, la preocupación por la vida se reduce a un punto de fuga antes de ser llamado a renunciar a ella. Al morir, nosotros no dejamos nada atrás.

—Y después de la muerte —pregunté—, ¿no le tenéis miedo?

—Claro —dijo—, no tengo que decirte que es un miedo que ignoramos y afecta a los terráqueos. Además, como he dicho, nuestra previsión se limita a nuestras vidas en este planeta. Cualquier especulación más allá de aquí sería una pura hipótesis y nuestras mentes rechazan la menor incertidumbre. Para nosotros, la conjetura y lo impensable son casi lo mismo.

—Pero incluso si no le temes a la muerte en sí misma —razoné—, tienes corazones que romper. ¿Acaso no produce dolor la ruptura de los lazos del amor?

—El amor y la muerte no son enemigos en nuestro planeta —repuso—. No hay lágrimas a la cabecera de nuestros moribundos. La ley benéfica que nos facilita renunciar a la vida nos prohíbe llorar a los amigos que dejamos o que ellos nos lloren. En vuestro caso, el trato social que tenéis con los amigos es la fuente de la ternura por ellos. En el nuestro es la anticipación del trato disfrutaremos lo que fundamenta el cariño. Conforme nuestros amigos se desvanecen de nuestro futuro con la cercanía de su muerte, el efecto en nuestros pensamientos y afectos es el mismo que tendría en vosotros si los olvidaseis con el paso del tiempo. Conforme nuestros amigos moribundos se vuelven más indiferentes hacia nosotros, nosotros, por efecto de esa misma ley de nuestra naturaleza, nos volvemos indiferentes hacia ellos hasta que al final somos poco más que amables y compasivos observadores de las camas de quienes nos miran sin gran emoción. Así que, finalmente, Dios suelta suavemente en vez de romper las ataduras que unen nuestros corazones, haciendo que la muerte sea tan indolora para los supervivientes como para los moribundos. Las relaciones destinadas a hacernos dichosos no son el medio de torturarnos, como en vuestro caso. Amor significa júbilo, solo eso, para nosotros en vez de bendecir nuestras vidas durante un tiempo para desolarlas más tarde, obligándonos a pagar con un dolor diferente y separado por cada arranque de ternura, exigiendo una lágrima por cada sonrisa.

—Hay otras despedidas que no son las de la muerte. ¿Tampoco sentís pena en estos casos? —pregunté.

—Claro —me dijo—. ¿No ves que debe ser así con los seres liberados por la previsión de la enfermedad por parte de la memoria? El dolor de la despedida, como el de la muerte, surge de la visión hacia atrás que impide contemplar la felicidad hasta que ha pasado. Imagina que tu vida está destinada a ser bendecida por una buena amistad. Si pudieses saberlo de antemano, sería una expectativa alegre, iluminaría los años intermedios y te animaría mientras pasas por períodos tristes. Pero no es así. Hasta que no conoces a quien será tu amigo, no sabes de su existencia. Ni siquiera entonces sabes lo que será para ti para que puedas abrazarlo nada más verlo. Tu encuentro es frío e indiferente. Pasa mucho tiempo antes de que el fuego se encienda entre vosotros y para entonces ya es la hora de la despedida. Ahora el fuego arde, pero en el futuro te quemará el corazón. Hasta que no están muertos o se han marchado, no ves lo queridos que eran tus amigos y lo dulce que era su compañía. Pero nosotros vemos a nuestros amigos venir a nuestro encuentro, sonriéndonos años antes de que nuestros caminos se crucen. Los saludamos en el primer encuentro sin frialdad ni vacilación, con besos exultantes, en un arrobamiento. Entran de inmediato en plena posesión de corazones calentados e iluminados durante mucho tiempo para ellos. Encontramos ese delirio de ternura del que vosotros os separáis. Y cuando llega finalmente el momento de la separación, solo significa que ya no debemos contribuir a la felicidad del prójimo. Al despedirnos, no estamos condenados, como vosotros, a llevarnos el goce que aportamos a nuestros amigos y a dejar en su lugar el dolor del duelo, de manera que su último estado sea peor que el primero. Aquí marcharse es como reunirse, algo tranquilo y desapasionado. Las alegrías de la anticipación y la posesión son el único alimento del amor para nosotros, así que el amor siempre tiene una cara sonriente. Con vosotros se alimenta de alegrías muertas y pasadas, que también nutren el dolor. No es de sorprender que amor y dolor sean tan parecidos en la Tierra. Aquí existe un proverbio según el cual, si no fuese por el espectáculo de la Tierra, el resto de los mundos serían incapaces de apreciar la bondad de Dios con ellos. ¿Quién puede decir que esta no sea la razón por la que nos parece tan penoso?

—Me has contado cosas maravillosas —dije tras haber reflexionado—. Es más que razonable que una raza como la tuya mire con piedad a la Tierra. Pero antes de reconocértelo, quiero hacerle una pregunta. Existe en nuestro mundo una dulce locura bajo cuya influencia olvidamos lo malo de nuestro destino y no lo cambiaríamos por el de un dios. Hasta ahora los hombres consideran esta dulce locura una compensación y más que eso, ya que si no conoces el amor como nosotros, si esta pérdida es el precio que has pagado por tu divina previsión, creo que a nosotros nos ha favorecido más Dios que a vosotros. Confiesa que el amor, con sus reservas, sus sorpresas, sus misterios y sus revelaciones, es necesariamente incompatible con una previsión que pesa y mide cada experiencia de antemano.

—Es cierto que no sabemos nada de las sorpresas del amor —respondió—. Nuestros filósofos creen que la más mínima sorpresa mataría a seres de nuestra constitución como un rayo. Sin embargo, esto es una hipótesis, ya que solo mediante el estudio de las condiciones terrestres podemos hacernos una idea de cómo es la sorpresa. Su poder para soportar los golpes constantes de lo inesperado nos causa un gran asombro. Según nuestras ideas, no hay diferencia entre lo que llamáis sorpresas agradables y dolorosas. Verás que no podemos envidiarte por estas sorpresas de amor que te parecen tan dulces, ya que para nosotros serían fatales. Por lo demás, no existe una forma de felicidad que la previsión no esté tan bien hecha para realzar como la del amor. Te explicaré cómo sucede esto. Conforme el niño crece, comienza a ser sensible a los encantos de la mujer, se encuentra, como me atrevería a decir contigo, prefiriendo un tipo y forma de cara a otros. Sueña más a menudo con el pelo rubio u oscuro, con ojos azules o castaños. Según pasan los años, su fantasía, pensando en lo que le parece el mejor y más hermoso de todos los tipos, se añade a este rostro de ensueño, esta forma sombría, rasgos y líneas, matices y contornos, hasta que finalmente se completa la imagen, y comprende que se ha representado sutilmente en su corazón la imagen de la doncella destinada a sus brazos.

»Pueden pasar años antes de que él la vea, pero él comienza ahora uno de los cometidos más dulces del amor, uno que ignoras. La juventud en la Tierra es un período tormentoso de pasión, irritación en la moderación o exceso de disturbios. Pero la pasión cuyo despertar hace que este momento sea tan terrible para vosotros aquí es un influjo reformador y educativo a cuyo suave y poderoso dominio confiamos con gusto a nuestros hijos. Las tentaciones que llevan a vuestros jóvenes por mal camino no se apoderan de los jóvenes de nuestro feliz planeta. Acumulan los tesoros de su corazón para su amante del futuro. Solo piensan en ella y a ella le hacen todos sus votos. La idea del libertinaje sería una traición a su soberana dama, cuyo derecho a todos los ingresos de su ser posee con gozo. Robarle, destrozar sus prerrogativas sería empobrecer, insultarse a sí mismo, pues ella será suya, y su honor y su gloria serán de él. Durante el tiempo que sueña con ella de día y de noche, la exquisita recompensa de su devoción es el conocimiento de que ella es consciente de él como él de ella, y en el santuario más íntimo del corazón de una doncella se levanta su imagen para recibir el incienso de una ternura que no necesita reprimirse por miedo a una posible cruz o separación.

»A su debido tiempo, sus vidas convergen. Los amantes se conocen, se miran un momento a los ojos y luego se arrojan sobre el pecho del otro. La doncella tiene todos los encantos que jamás agitaron la sangre de un amante terrenal. Sin embargo, tiene otro glamur sobre ella que los ojos de los amantes terráqueos no ven: el glamur del futuro. El amante ve en la muchacha ruborizada a la esposa fiel y cariñosa, en la doncella alegre a la madre paciente y consagrada al dolor. En el pecho de la virgen contempla a sus hijos. Él es profético, aun cuando sus labios toman las primicias de los de ella, de los años futuros durante los cuales será su compañera, su consuelo siempre presente, su principal parte de la bondad divina. Hemos leído algunas de vuestras novelas que describen el amor como lo conocen en la Tierra y confieso, amigo mío, que nos parecen tediosas.

»Espero —añadió—, no ofenderte diciendo que nos parecen objetables. Vuestra literatura posee en general interés para nosotros por su descripción de la vida curiosamente invertida que os obliga a llevar la falta de previsión. Es un estudio muy apreciado para desarrollar la imaginación, ya que nos cuesta concebir unas condiciones tan opuestas a las de los seres inteligentes en general. Pero nuestras mujeres no leen tus romances. Nos choca la noción de que un hombre o una mujer debería concebir la idea en algún momento de casarse con alguien distinto de aquel que está destinado a ser su esposo o esposa. Dirás que estos casos son raros entre vosotros, pero si vuestras novelas son imágenes de vuestra vida, al menos no son desconocidos. Sabemos que estas situaciones son inevitables en las condiciones de la vida terráquea y los juzgamos a tenor de ello. Sin embargo, es innecesario que las mentes de nuestras jóvenes se aflijan sabiendo que en un lugar existe un mundo donde son posibles tales parodias sobre el carácter sagrado del matrimonio.

»Sin embargo, existe otro motivo por el que desaconsejamos el uso de vuestros libros a nuestros jóvenes. Se trata del profundo efecto de tristeza de una literatura escrita en tiempo pretérito, exclusivamente sobre las cosas que se terminan. Eso deprime a una raza acostumbrada a ver todo en el resplandor matinal del futuro.

—¿Y cómo se escribe sobre las cosas pretéritas salvo en tiempo pasado? —pregunté.

—Escribimos sobre el pasado cuando aún es el futuro y en tiempo futuro, por supuesto —dijo—. Si nuestros historiadores esperasen hasta después de los sucesos para describirlos, nadie leería sobre cosas ya hechas, sino que las historias mismas probablemente serían inexactas. Como he dicho, la memoria es una facultad poco desarrollada entre nosotros y demasiado vaga para ser digna de confianza. Si la Tierra establece alguna vez comunicación con nosotros, encontrará interesantes nuestras historias. Nuestro planeta es más pequeño, frío y se pobló antes que el tuyo, nuestros registros astronómicos contienen relatos minuciosos de la Tierra desde que era una masa fluida. Es posible que vuestros geólogos y biólogos tengan aquí una mina de información.

Durante nuestra conversación posterior resultó que, como consecuencia de la previsión, en Marte se desconocen algunas de las emociones más comunes de la naturaleza humana. Aquellos para quienes el futuro carece de misterio, claro está, no pueden conocer la esperanza o el miedo. Además, al tener cada uno la seguridad de lo que logrará y lo que no, la rivalidad, emulación o la competencia no pueden existir. Por eso, las angustias y los odios que surgen en la Tierra por la lucha del hombre contra sus semejantes son desconocidos para los marcianos, salvo por el estudio de nuestro planeta. Cuando pregunté si, después de todo, no había una falta de espontaneidad, de sentido de la libertad, viviendo una existencia fijada en todos los detalles de antemano, me recordó que no había diferencia en ese sentido entre la vida de la gente de la Tierra y de Marte, pues ambas eran voluntad de Dios. Conocíamos esa voluntad solo después del suceso y ellos antes, eso era todo. Por lo demás, Dios los sometía a su voluntad, como a nosotros, de modo que no tenían mayor compulsión que nosotros en la Tierra para seguir una línea de acción anticipada cuando nuestras anticipaciones pueden ser correctas. Mi compañero habló con elocuencia del interés que tenía el estudio del plan de sus vidas futuras para los marcianos. Era como la fascinación para un matemático de una demostración más elaborada y exquisita, una ecuación algebraica perfecta, estando las realidades resplandecientes de la vida en el lugar de las cifras y los símbolos.

Cuando le pregunté si nunca deseaban un futuro diferente, respondió que esa cuestión solo podría haberla formulado alguien de la Tierra. Nadie podría prever o creer claramente que Dios la tenía, sin ver que el futuro es tan incapaz de cambiar como el pasado. Es más, prever los sucesos era prever su necesidad lógica con tanta claridad que desear que fuesen diferentes era tan imposible como desear que dos y dos fueran cinco en vez de cuatro. Nadie podría desear algo diferente, pues todo, lo pequeño y lo grande, está tan estrechamente entretejido por Dios que sacar el más pequeño hilo desharía la creación durante toda la eternidad.

Mientras hablábamos, la tarde había pasado y el sol se había puesto tras el horizonte, la atmósfera rosada del planeta dotaba de un esplendor al color de las nubes y una gloria al paisaje de la tierra y el mar igualable a una puesta de sol terrestre. Las constelaciones familiares que aparecían en el cielo me recordaban lo cerca que estaba de la Tierra, pues a simple vista no podía detectar la más mínima variación en su posición. Sin embargo, había algo del todo nuevo en los cielos, ya que muchos de los asteroides que circulan en la zona entre Marte y Júpiter se veían con el ojo desnudo. Pero el espectáculo que atrajo mi mirada fue la Tierra, flotando bajo en el borde del horizonte. Su disco, dos veces más grande que el de cualquier estrella o planeta visto desde la Tierra, brillaba como Venus.

—Es un espectáculo encantador —dijo mi compañero—, aunque para mí siempre es melancólico por el contraste sugerido entre el resplandor del orbe y la ignorancia de sus habitantes. Lo llamamos «El mundo del ciego».

Mientras hablaba, se giró hacia una curiosa estructura cercana, aunque antes no la había mirado.

—¿Qué es eso? —pregunté.

—Es uno de nuestros telescopios —respondió—. Dejaré que le eches un vistazo a tu casa, si quieres, y que pruebes personalmente los poderes de los que he presumido —añadió mientras ajustaba el instrumento a su satisfacción y me mostraba dónde situar el ojo en lo que correspondía al ocular.

No pude evitar una exclamación de asombro, pues no había exagerado nada. La ciudad universitaria que era mi hogar se extendía delante de mí casi tan cerca como cuando la contemplaba desde las ventanas de mi observatorio. Era temprano y el pueblo estaba despertando. Los lecheros hacían su ronda y los obreros, con sus tarteras con el almuerzo, se apresuraban por las calles. El primer tren acababa de salir de la estación de ferrocarril. Podía ver el penacho de humo de la chimenea y los chorros de vapor de los cilindros. Era raro no oír el silbido del vapor pareciendo estar tan cerca. Allí estaban los edificios de la universidad en la colina, las hileras de ventanas que reflejaban los rayos del sol. Podía saber la hora por el reloj de la universidad. Me llamó la atención el inusual bullicio en torno a los edificios, teniendo en cuenta lo temprano que era. Una multitud de hombres se detuvo alrededor de la puerta del observatorio y muchos otros se apresuraron a cruzar el campus en esa dirección. Entre ellos reconocí al rector Byxbee, acompañado por el conserje de la universidad. Mientras miraba, llegaron al observatorio y, pasando a través del grupo que se congregaba en la puerta, entraron en el edificio. El rector subía a mis aposentos. Al oír esto, pensé de pronto que aquel bullicio era culpa mía. Recordé cómo llegué a Marte y en qué estado había dejado las cosas en el observatorio. Ya era hora de regresar a cuidar de mí mismo.

Aquí terminó el extraordinario documento que encontré esa mañana en mi escritorio. No espero que el lector crea que es el registro auténtico que pretende ser de las condiciones de vida en otro mundo. Sin duda lo explicará como otro curioso fenómeno de sonambulismo recogido en los libros. Probablemente fue eso, tal vez fue algo más. No pretendo decidir la cuestión. He contado los hechos y no tengo otro medio para formarme una opinión. Tampoco sé, aunque creyese plenamente que es el relato genuino que parece ser, si habría afectado a mi imaginación con mucha más fuerza de lo que lo ha hecho. Esa historia de otro mundo, en pocas palabras, me ha separado del nuestro. La prontitud con la que mi mente se ha adaptado al punto de vista marciano sobre la Tierra ha sido una experiencia singular. La imprevisión de los humanos, carencia en la que apenas había pensado antes, me impresiona cada vez más profundamente como algo que no está en armonía con el resto de nuestra naturaleza. Me parece una mutilación moral, una privación arbitraria e irresponsable. La idea de una carrera condenada a ir hacia atrás, contemplando solo lo pasado, segura solo de lo pretérito y lo muerto, se apodera de mí a veces con un efecto tristemente fantástico que no puedo describir. Sueño con un mundo donde el amor siempre tenga una sonrisa, donde en las despedidas se derramen menos lágrimas que en nuestras reuniones y sueño con que la muerte ya no sea la reina. Tengo la fantasía, que me gusta apreciar, de que la gente de esa esfera feliz, por imaginaria que sea, es el tipo ideal y normal de nuestra raza, como tal vez lo fue una vez, como es posible que pueda volver a serlo.

EL HOMBRE MÁS CAPAZ DEL MUNDO

Edward Page Mitchell

Tal vez se recuerde que en 1878 el general Ignatieff pasó varias semanas de julio en el Badischer Hof, en Baden. Los periódicos anunciaron que el general iba a visitar el balneario por motivos de salud y decían que la suya estaba quebrantada por la ansiedad y las responsabilidades al servicio del zar. Sin embargo, todos sabían que el general había caído en desgracia en San Petersburgo[9] y que su ausencia de los centros de la actividad de la política internacional cuando la paz revoloteaba en Europa, como una pluma a los caprichos del viento, entre Salisbury y Shouvaloff, era simplemente un exilio cortésmente disfrazado.

Estoy en deuda por los siguientes datos a mi amigo Fisher, de Nueva York, que llegó a Baden un día después que Ignatieff, anunciándose debidamente en la lista oficial de extranjeros como *Herr Doctor Professor Fischer mit Frau Gattin und Bed, Nordamerika.*

La escasez de títulos nobiliarios entre la aristocracia viajera de Norteamérica es una ofensa constante para la ingeniosa persona que compila la lista oficial. El orgullo profesional y los instintos de hospitalidad lo empujan a compensar esa carencia en cuanto le es posible. Por eso reparte títulos de gobernador, general de división y doctor catedrático con tolerable imparcialidad dependiendo del aspecto marcial o eru-

[9] En la época en que transcurre la historia, San Petersburgo era la capital de Rusia.

dito que posean los visitantes norteamericanos. Fisher debía su título a sus lentes. Acababa de abrirse la temporada. Las funciones teatrales no habían comenzado aún. Los hoteles estaban medio vacíos, los conciertos en el Pabellón del Conversationhaus eran escuchados por unos pocos melómanos y los tenderos del bazar mataban el tiempo quejándose de la degeneración que sufría Baden-Baden desde que había terminado el juego.

Pocos veraneantes alteraban las meditaciones del apergaminado y viejo guardián de la torre del Mercuriusberg. A Fisher el lugar le pareció muy estúpido, insulso como Saratoga en junio o Long Beach en septiembre. Ardía en deseos de llegar a Suiza, pero su esposa, que había hecho muy buenas migas con una condesa polaca, se negaba en redondo a dar un solo paso que pudiese dar al traste con una relación tan ventajosa.

Una tarde, Fisher estaba en uno de los puentecitos que cruzan el diminuto Oosbach, contemplando ociosamente el agua y preguntándose si una trucha de buen tamaño podría nadar a contracorriente sin dificultades. Entonces el portero del Badischer Hof se le acercó corriendo.

—¡Herr Doctor Professor! —gritó llevándose la mano a la gorra—. Le ruego que me perdone, pero Su Alteza, el Barón Savitch, que procede de Moscú, del séquito del general Ignatieff, ha sufrido un terrible ataque. Es mortal, según dicen.

Fisher trató de asegurarle en vano que estaba en un error, que no era médico, que no conocía más ciencia que la del póquer, que si existía una falsa idea en el hotel se debía a un error, del cual no tenía la culpa y que, por mucho que lamentase la infortunada situación de su alteza de Moscú, dudaba que su presencia en la habitación del enfermo pudiese servir de algo. Pero no pudo desarraigar la idea que el portero tenía de él. Cuando se vio literalmente siendo llevado a rastras al hotel, Fischer concluyó que más le valdría dejar las explicaciones para los amigos del barón. La suite del ruso estaba en el segundo piso, no lejos de donde se alojaba Fisher. Un ayuda de cámara francés, casi fuera de sí por culpa del terror, salió apresuradamente de la habitación para recibir al portero y al doctor catedrático. Fisher quiso explicar de nuevo su situación, pero en vano.

También el ayuda de cámara tenía algo que explicar y su perfecta pronunciación francesa le permitió monopolizar la conversación. No, allí no había nadie más que él, Auguste, fiel sirviente del barón. Su Excelencia el general Ignatieff, Su Alteza el Príncipe Koloff, el doctor Rapperschwyll, el séquito íntegro, todos, se habían marchado esa mañana a Gernasbach. Mientras, el barón había contraído una horrible enfermedad y él, Auguste, se moría de ansiedad. Suplicaba a *monsieur* que no perdiese tiempo en parloteos y corriese a la cama del barón, que ya agonizaba. Fisher siguió a Auguste a una habitación interior. El barón, con las botas puestas, yacía sobre la cama, con el cuerpo doblado en dos por el efecto de la fatal opresión de un dolor insufrible. Tenía los dientes fuertemente apretados y los músculos rígidos de la boca distorsionaban su expresión natural.

Cada pocos segundos, escapaba de sus labios un prolongado gemido. Sus magníficos ojos giraban penosamente en sus órbitas y, al presionarle el abdomen con ambas manos, un escalofrío sacudió sus miembros en un sufrimiento terrible. Fisher olvidó sus explicaciones. Si hubiese sido un médico de verdad, no podría haber observado los síntomas del mal del barón con mayor interés.

—¿Puede curarlo, *monsieur*? —preguntó el aterrorizado Augusta.

—Tal vez —dijo secamente *monsieur*.

Fisher escribió una nota para su esposa en el reverso de una tarjeta y se la envió por medio del portero del hotel. El empleado regresó enseguida con una botella negra y un vaso. La botella provenía del baúl de Fisher. Había viajado desde Liverpool a Baden, había cruzado el océano desde Nueva York a Liverpool y había viajado a Nueva York directamente desde Bourbon County, en el estado de Kentucky. Fisher la tomó con avidez aunque con respeto y la miró a contraluz. Quedaban unos ocho o diez centímetros en el fondo. Emitió un gruñido placentero.

—Hay esperanzas de salvar al barón —indicó a Auguste.

Vertió la mitad del precioso líquido en el vaso y se la dio sin demora al paciente que gemía y se retorcía de dolor. Poco después Fisher tuvo la satisfacción de ver que el barón se incorporaba en la cama. Los músculos de la boca se relajaron y la expresión de agonía pasó a ser una mirada de plácida satisfacción. Fisher observó entonces los rasgos físicos del barón ruso. Era un hombre joven, de unos treinta y cinco años. Su rostro era apuesto y de rasgos marcados. Su cabeza resultaba muy peculiar por la perfecta redondez de su parte superior, esto es, que su diámetro de oreja a oreja parecía igual al diámetro anterior y al posterior.

El curioso efecto de esta insólita proporción se hacía más notable por la total ausencia de cabello. La cabeza del barón estaba cubierta solo por un casquete de seda negra muy ceñido al cráneo y una engañosa peluca colgaba de uno de los postes de la cama. Tras recobrarse lo suficiente para reconocer la presencia de un desconocido, Savitch lo saludó con una cortés reverencia.

—¿Cómo se siente ahora? —preguntó Fisher en su deficiente francés.

—Mucho mejor, gracias a *monsieur* —replicó el barón en un excelente inglés pronunciado con una encantadora voz—. Mucho mejor, pese a que siento aún alguna debilidad —agregó, presionándose la frente con la mano.

Ante una seña de su señor, el ayuda de cámara se retiró con el portero. Fisher se aproximó hasta el borde de la cama y tomó la muñeca del barón. Pese a su falta de práctica pudo notar que el pulso del noble era alarmantemente acelerado. Perplejo e intranquilo ante el giro de los acontecimientos, pensó: «¿Me habré metido en un lío de mil demonios con el ruso? Pero, no; ya no es un crío y medio vaso de este whisky clase no marearía ni a un bebé».

Sin embargo, los nuevos síntomas se presentaron con una celeridad y gravedad que lo hicieron sentir desacostumbradamente ansioso. El rostro de Savitch se puso como la nieve, lo cual se acentuaba más aún por el contraste con el casquete negro. El cuerpo se agitaba en la cama y el hombre se aferraba convulsivamente la cabeza con las manos, como si temiera que pudiese estallarle.

—Será mejor que llame a su ayuda de cámara —dijo Fisher con voz nerviosa.

—No, no haga eso —tartamudeó el Barón—. Es usted médico y tendré que confiar en su habilidad. Hay algo que va mal... aquí —dijo e indicó con un gesto espasmódico la parte superior de su cabeza con gesto incierto.

—Pero, yo no soy... —tartamudeó Fisher.

—No diga nada palabra y actúe —exclamó el Barón con voz imperiosa—. No debo haber ninguna demora. ¡Desenrosque la tapa de mi cabeza!

Savitch se quitó el casquete y lo arrojó a un lado. Fisher no tuvo palabras para describir el asombro que sintió al ver el verdadero material del cráneo del barón. El casquete ocultaba que toda la parte superior de la cabeza de Savitch era una cúpula de plata pulida.

—¡Desenrósquela! —repitió.

Muy a su pesar, Fisher colocó las manos sobre el cráneo de plata y ejerció una ligera fuerza hacia la izquierda. El tope cedió y girando con suavidad sobre su rosca.

—¡Rápido! —dijo el barón con voz débil—. Le aseguro que no podemos perder tiempo— añadió antes de desvanecerse.

En ese momento, se oyeron voces en la habitación exterior. La puerta que conducía a los aposentos del barón se abrió con violencia y se cerró de igual modo. El recién llegado era un hombre flaco, de baja estatura y edad mediana. Su rostro revelaba astucia y la mirada de sus ojillos grises era penetrante. Se quedó observando con curiosidad a Fisher con una mirada cargada de desconfianza. El barón recobró el sentido y abrió los ojos.

—Doctor Rapperschwyll —exclamó.

Con unas cuantas zancadas, el doctor Rapperschwyll se acercó a la cama, contemplando a Fisher y a su paciente.

—¿Qué significa esto? —demandó enfurecido.

Sin esperar una respuesta, posó rudamente una mano sobre Fisher y lo apartó del barón. Fisher, cada vez más asombrado, no opuso resistencia y se dejó conducir o empujar hacia la puerta. El doctor Rapperschwyll la abrió lo suficiente como para que el norteamericano saliese, cerrándola luego con fuerza. Un ruido sordo y rápido le dio a entender que había cerrado con llave la puerta.

A la mañana siguiente, Fisher se encontró con Savitch, que venía del Trinkhalle. El barón lo saludó con una seca cortesía y siguió su camino sin dirigirle la palabra. Más tarde, ese día, un sirviente entregó a Fisher un paquetito con el siguiente mensaje: «El doctor Rapperschwyll estima que este dinero bastará».

El paquete contenía dos monedas de oro de veinte marcos cada una. Fisher apretó los dientes. «Le devolveré sus cuarenta marcos —se dijo—, pero a cambio conseguiré sonsacarle su maldito secreto».

Entonces Fisher descubrió que hasta las condesas polacas sirven de algo en las relaciones sociales. Cuando la abordó, por medio de su esposa, sobre el tema del Barón Savitch, de Moscú la ocasional amiga de la señora Fisher resultó ser la amabilidad hecha persona. ¿Que si sabía algo del barón Savitch? Por supuesto, y también conocía y se sabía la vida y milagros de las demás personas dignas de conocerse en Europa. ¿Que si tendría la amabilidad de facilitarle información sobre el barón? Claro que sí, estaba encantada de complacer el menor deseo de la encantadora curiosidad del norteamericano. Era muy reconfortante para una vieja dama cansada de la vida como ella, que ya no se interesaba por los hombres, las mujeres, las cosas y los sucesos contemporáneos, encontrar a alguien recién llegado de las infinitas praderas del nuevo mundo y que sintiese tan sabrosa curiosidad por los asuntos de la alta sociedad. Ay, sí, con mucho gusto le contaría lo que sabía del barón Savitch, si eso le divertía.

La condesa polaca cumplió su promesa, añadiendo muchos chismes y anécdotas escabrosas sobre la aristocracia moscovita, totalmente superfluas en su narración. Su historia, resumida por Fisher, era que el barón Savitch había aparecido recientemente en los círculos elegantes. Su auténtico origen era un misterio que no se había explicado de manera satisfactoria ni en San Petersburgo ni en Moscú. Algunos decían que era un niño expósito del Vospitatelnoi Dom. Otros creían que era el hijo ilegítimo de un distinguido personaje muy allegado a los Romanoff.[10] Esta última teoría era la más plausible, ya que explicaba hasta cierto punto el incomparable éxito de su carrera profesional desde que se graduó en la Universidad de Dorpat. Su carrera había sido brillante y rápida como

[10] Familia de los zares de Rusia.

ninguna otra. El barón entró en el servicio diplomático del zar y durante varios años fue agregado de las legaciones rusas en Viena, Londres y París.

Nombrado barón antes de los veinticinco como recompensa por la maravillosa capacidad desplegada en las negociaciones de suma importancia con los Habsburgos,[11] se convirtió en favorito de Gortchakoff y le brindaron todas las oportunidades para ejercer su genio en la diplomacia. Llegó a comentarse en círculos bien informados de San Petersburgo que el cerebro del joven barón Savitch era la inteligencia que dirigía el rumbo de la política rusa por todos los vericuetos del frente oriental, que planeó la campaña en el Danubio, efectuó las combinaciones que dieron la victoria a los soldados del zar y que entretanto mantenían a Austria al margen del conflicto, en resumidas cuentas, la inteligencia que neutralizó el inmenso poder de Alemania e irritó a Inglaterra solo hasta el punto en que se disipa la ira y se torna en amenazas inofensivas.

Era cierto que había estado con Ignatieff en Estambul, cuando se provocó por vez primera el conflicto, con Shouvaloff en Inglaterra, cuando se celebró la conferencia secreta del acuerdo, con el Gran Duque Nicolás en Adrianópolis cuando se firmó el protocolo de un armisticio, y pronto estaría en Berlín, entre bastidores, en el Congreso, donde esperaban que superase a todos los estadistas de Europa, y jugaría con Bismark y Disraeli como un hombre fuerte juega con dos bebés.

Pero la condesa no había hablado demasiado sobre los logros de este joven elegante y buen mozo en la política internacional. Había dedicado más tiempo a su carrera social. En esa esfera sus éxitos habían sido casi tan notables como en las demás. Nadie conocía a ciencia cierta el nombre de su padre, pero el barón había logrado una supremacía absoluta en los

[11] Una de las principales casas reales europeas.

círculos más exclusivos de la corte imperial. Se suponía que tenía una influencia sin límites sobre el mismo zar. Pese a sus oscuros orígenes, lo consideraban el partido más codiciado de Rusia. Nacido en la pobreza, había amasado una ingente fortuna gracias a la simple fuerza de su intelecto.

Los informes oficiales la estimaban en cuarenta millones de rublos y, sin duda, esos informes no superaban la realidad. Todas las empresas especulativas que emprendía, que fueron muchas y variadas, tuvieron éxito. Había aplicado a ellas las mismas cualidades de juicio imparcial e infalible, su gran sagacidad y unos poderes casi sobrehumanos para organizar, combinar y controlar, las mismas facultades que habían hecho de él un fenómeno político de su época. ¿Y sobre el doctor Rapperschwyll? Sí, la condesa sabía de su fama y lo conocía de vista. Era un médico que siempre estaba junto al barón Savitch. Lo atendía constantemente, pues los grandes esfuerzos mentales del noble lo sometían a enfermedades repentinas y alarmantes.

El doctor era suizo, una especie de relojero o artesano en sus orígenes, según decían. En cuanto al resto, era un anciano pequeñito, corriente y moliente, dedicado a su profesión y al barón. Era obvio que no tenía ambiciones, ya que despreciaba las oportunidades que podían brindarle su posición y sus relaciones para incrementar su fortuna personal.

Reforzado por esta información, Fisher se sintió en mejores condiciones para tratar de sonsacarle su secreto al doctor. Acechó al médico suizo durante cinco días. La ansiada oportunidad se presentó al sexto día, cuando menos lo esperaba. A mitad de camino hacia el Mercuriusberg, ya bien entrada la tarde, encontró al guardián de la torre en ruinas, que regresaba a la población.

—No, la torre no está cerrada al público. Un caballero sigue arriba, observando la campiña —dijo el hombre, añadiendo que regresaría en un par de horas. Así pues, Fisher siguió su camino.

La cumbre de la torre se hallaba en un estado ruinoso. La falta de escalones la subsanaba una escalera de madera provisional. La cabeza y los hombros de Fisher acababan de franquear la puerta-trampilla que daba a la azotea cuando descubrió que allí se encontraba precisamente la persona que buscaba. El doctor Rapperschwyll estaba estudiando la topografía de la Selva Negra con unos potentes prismáticos de campaña. Fisher anunció su llegada con un oportuno tropiezo y un ruidoso esfuerzo para no perder el equilibrio, al tiempo que daba un furtivo puntapié al último peldaño de la escalera y se elevaba ostentosamente sobre el borde de la trampilla. La escalera cayó entonces ruidosamente unos nueve o diez metros, golpeando las paredes de la torre. El doctor Rapperschwyll comprendió de inmediato la situación y, girándose bruscamente, lo observó con una sonrisa malévola.

—*Monsieur* es inexplicablemente torpe —dijo con un gesto de enfado, mostrando los dientes, pues había reconocido a Fisher.

—Es una desgracia —dijo el neoyorkino sin alterarse—. Estaremos encerrados aquí un par de horas por lo menos. Considerémonos afortunados de contar con una compañía inteligente y de un hermoso paisaje para contemplar.

El suizo hizo una fría reverencia y continuó sus estudios topográficos. Fisher encendió un cigarro.

—También deseo —continuó Fisher, lanzando nubecillas de humo en dirección al Teufelmühle—, aprovechar la oportunidad para devolverle sus cuarenta marcos, que me envió por error, supongo.

—Si *monsieur* el médico norteamericano no está satisfecho con sus honorarios —respondió Rapperschwyll en tono venenoso—, podrá hacer que se los reajusten dirigiéndose al ayuda de cámara del barón.

Fisher no prestó atención a la estocada y dejó calmosamente las monedas de oro sobre el parapeto, delante de las narices del suizo.

—No puedo aceptar dinero —dijo con énfasis—. Consideré bien pagados mis insignificantes servicios con la novedad e interés del caso.

El suizo escudriñó larga e intensamente las facciones del norteamericano con sus penetrantes ojillos grises y finalmente dijo, con descuido:

—¿*Monsieur* es un hombre de ciencia?

—Sí —replicó Fisher, cruzando mentalmente los dedos por todas las ciencias, salvo la que ilumina y dignifica nuestro juego nacional.

—Entonces —prosiguió Rapperschwyll—, tal vez *monsieur* estará dispuesto a reconocer que rara vez ha visto un caso más brillante y amplio de trepanación.

Fisher alzó las cejas con curiosidad y sorpresa.

—Y comprenderá también, siendo un médico —añadió el suizo—, la suspicacia del propio barón y de sus amigos sobre el tema, de manera que sabrá disculpar mi aparente grosería cuando descubrió nuestro secreto.

«Es más listo de lo que creía —pensó Fisher—. Tiene todos los ases y yo nada... salvo el descaro suficiente como para retarlo».

—Lamento profundamente esa suspicacia —continuó, ahora en voz alta—, ya que he pensado que un relato pormenorizado de lo que vi, publicado en una revista científica de Inglaterra o Norteamérica, atraería una amplia atención y, sin lugar a duda, sería recibido con interés en el continente europeo.

—¿Lo que vio? —gritó el suizo bruscamente—. Es todo falso porque usted no vio nada... Cuando entré ni siquiera había retirado...

Se detuvo y empezó a murmurar para sí, como si estuviese maldiciendo su impetuosidad. Fisher celebró la ventaja lograda arrojando su cigarro a medio fumar y encendiendo uno nuevo.

—Ya que me obliga a ser sincero —continuó el doctor Rapperschwyll con visible y creciente nerviosismo—, deseo informarle que el barón me ha asegurado que no vio nada. Yo mismo lo interrumpí cuando retiraba la tapa de plata.

—Yo también seré sincero —respondió Fisher preparando su rostro para el esfuerzo final—. Con respecto a eso, el barón no es un testigo válido, pues estuvo inconsciente durante un tiempo antes que usted llegase. Tal vez yo estaba retirando la tapa de plata cuando usted me interrumpió...

El doctor palideció.

—Tal vez —prosiguió Fisher con calma—, estaba recolocándola en su sitio.

La mención de esta posibilidad pareció golpear a Rapperschwyll como un rayo caído del cielo. Se le separaron las rodillas y casi se desplomó en el suelo. Se cubrió los ojos con sus manos y rompió a llorar como un niño o, mejor dicho, como un anciano exhausto y arruinado.

—¡Lo publicará! ¡Lo publicará para que lo lean en la corte y en todo el mundo! —gritaba histéricamente—. Y en vísperas de esta crisis...

Luego, con un esfuerzo exasperado, el suizo recobró hasta cierto punto el control de sí mismo. Recorrió a grandes pasos el diámetro de la azotea durante unos minutos, con la cabeza gacha y los brazos cruzados sobre el pecho. Entonces se giró de nuevo hacia su compañero y dijo:

—Cualquier suma que mencionase podría...

Con una sonora carcajada, Fisher lo interrumpió antes de que pudiese terminar.

—Entonces —dijo Rapperschwyll abatido—, si... si le suplico que sea generoso...

—¿Y bien? —preguntó Fisher.

—Y le ruego que prometa, por su honor de caballero, guardar silencio en lo concerniente a lo que ha visto...

—¿Silencio hasta que el barón Savitch haya fallecido?

—Eso bastará —dijo Rapperschwyll—. Pues cuando deje de existir, yo moriré. ¿Y sus condiciones son...?

—Toda la historia, aquí, ahora y sin reservas.

—Pide un precio terrible —dijo Rapperschwyll—, pero están en juego intereses mayores que mi orgullo. Le prometo que oirá todo lo que desea. Fui criado como relojero —prosiguió tras una prolongada pausa— en el cantón de Zúrich. No soy vanidoso si le digo que alcancé un alto grado de habilidad en mi oficio. Desarrollé una capacidad de invención que me llevó a realizar experimentos con las posibles combinaciones puramente mecánicas. Estudié y perfeccioné los mejores autómatas jamás construidos por la imaginación humana. La máquina calculadora de Babbage me interesaba en especial. Sus ideas fueron el germen de algo mucho más importante para el mundo.

»Después dejé mis ocupaciones y fui a París a estudiar fisiología. Pasé tres años en La Sorbona. Allí perfeccioné mis conocimientos en esa rama de la ciencia. Mientras, mis estudios habían ido mucho más allá de las ciencias físicas. Durante un tiempo me interesó la psicología y luego pasé a los dominios de la sociología, la cual, si se entiende de manera adecuada, es el compendio y la aplicación final de todos los conocimientos. Tras muchos años de preparación, como corolario de todos mis esfuerzos, asumió finalmente una forma perfecta y definida la gran idea de mi vida, la cual me había perseguido vagamente desde niño en Zúrich.

Los modales del doctor Rapperschwyll habían pasado de una reticencia suspicaz a un entusiasmo sincero. Él mismo parecía transformado. Fisher lo escuchaba con atención, sin interrumpir el relato. Suponía que la necesidad de revelar el secreto, que el médico había ocultado tanto y tan celosamente, no era del todo desagradable para el entusiasmado suizo.

—Ahora, escuche, *monsieur* —continuó el doctor Rapperschwyll—, pues citaré varias proposiciones separadas que pueden parecer inconexas las unas con las otras al principio. Mis logros en la mecánica produjeron una máquina que superaba la de Babbage en sus facultades de calcular. Con los datos proporcionados no había límites para sus posibilidades en esta dirección. Los engranajes y piñones de Babbage calculaban logaritmos y elipses. Se introducían números y producía resultados con números. Sin embargo, las relaciones de causa y efecto son tan fijas e inalterables como las leyes de la aritmética. La lógica es, o debería ser, una ciencia tan precisa como las matemáticas.

»Mi nueva máquina recibía hechos y producía conclusiones. Resumiendo, que razonaba, y los resultados de su proceso de razonamiento siempre eran verdaderos, mientras que los resultados del razonamiento humano con frecuencia son falsos muchas veces. El origen de los errores de la lógica humana es lo que los filósofos llaman «la ecuación personal». Mi máquina suprimía esa ecuación e iba con una precisión invariable de la causa al efecto, de la premisa a la conclusión. El entendimiento humano es inexacto, pero mi máquina era y es infalible en sus procesos razonadores.

»Además, la fisiología y la anatomía me habían enseñado que es falsa la idea médica según la cual son inseparables la materia gris del cerebro y el principio vital. Había visto hombres vivos con balas de pistola en el cerebelo. Había presenciado la extracción de los hemisferios y el cerebelo de los cráneos de aves y animales pequeños que, pese a ello, no morían. Creía que, aunque se retirase el cerebro de un cráneo humano, el paciente no moriría, aunque quedaría despojado de la inteligencia que controlaba las actividades de su cuerpo, salvo las puramente involuntarias.

»De nuevo, un estudio a fondo de la historia desde una perspectiva sociológica y no despreciable, una experiencia práctica de la naturaleza humana, me habían convencido de que los mayores genios estaban situados en un plano cercano al intelecto promedio. Los picos montañosos de mi país natal, los que todos conocen por su nombre, se elevan solo unos pocos cientos de metros sobre los innumerables picos sin nombre que los rodean. Napoleón Bonaparte era algo más inteligente que los hombres más hábiles que lo rodeaban. No obstante, esa pequeña diferencia lo era todo y así pudo dominar toda Europa. Un hombre que superase a Napoleón, como el Gran Corso superaba a Murat, con las cualidades mentales que pueden convertir el pensamiento en hechos, se habría convertido en el amo del mundo.

»Ahora, reunamos estas tres proposiciones en una sola. Imaginemos que escojo a un hombre, extraigo el cerebro que agrupa todos los errores y fracasos de sus antepasados hasta los orígenes del hombre, y elimino las causas de debilidad de su carrera futura. Digamos que en vez del intelecto inexacto, que he extraído, lo doto de una inteligencia artificial que funcione con la certeza de las leyes universales. Imaginemos también que dejo a este ser superior, que razona con la verdad, en medio de las conmociones de sus inferiores, que razonan con la falsedad, y aguardo el inevitable resultado con la calma de un filósofo.

»*Monsieur*, he ahí mi secreto. Eso es lo que he hecho. En Moscú, donde mi amigo el doctor Duchat estaba a cargo de la nueva institución de San Basilio para dementes, encontré un niño de once años llamado Stépan Bórovitch. Desde que nació, jamás había visto, oído, hablado o pensado. La naturaleza le había dado una fracción del sentido del olfato y tal vez una fracción del gusto, pero no se podía asegurar ni siquiera esto. La Providencia había errado con gran eficacia. Sus únicas señales de actividad eran algún farfullo incongruente y constantes movimientos nerviosos de los dedos. Los días de sol lo dejaban en una mecedora, donde hubiese más luz y calor, y se mecía durante horas sin cesar, moviendo los dedos con nerviosismo y farfullando su satisfacción por el calor con las frases lastimeras y monótonas de la demencia. Así estaba cuando lo vi la primera vez.

»Le rogué a mi amigo el doctor Duchat que me lo dejase. Si ese magnífico caballero no hubiese fallecido hace tiempo, habría compartido mi triunfo sin lugar a duda. Llevé a Stépan a mi casa y puse manos a la obra con el serrucho y el bisturí. Podía operar a ese pobre, inútil y desahuciado remedo de ser humano con la misma libertad y descuido que si fuese un perro comprado o atrapado para ser disecado. Esto ocurrió hace unos veinte años. Hoy Stépan Bórovitch posee más poder que ningún otro hombre sobre la faz de la tierra. De aquí a diez años será el autócrata de Europa, el amo del mundo. Nunca comete errores, ya que la máquina que razona debajo de su caja craneana jamás comete errores.

Fisher señaló hacia abajo, al viejo guardián de la torre, que ascendía trabajosamente la colina.

—Los visionarios —continuó— especularon sobre la posibilidad de hallar entre las ruinas de las antiguas civilizaciones alguna inscripción que cambie las bases del saber humano. Los hombres más sabios se burlan de ese sueño y se ríen de las ideas de cábalas científicas, pero son tontos. Si Aristóteles hubiese descubierto estas palabras en una tableta llena de caracteres cuneiformes en Nínive: «Supervivencia de los aptos», la filosofía habría avanzado dos mil doscientos años. Le diré ahora, con el mismo número de palabras, una verdad igualmente fecundada. La máxima evolución de la criatura es parecerse a su creador. Quizá pasen dos mil doscientos años antes de que esta verdad sea aceptada en general, pero no es por ello menos verdad. El barón Savitch es mi creación. Yo soy su creador... Soy el creador del hombre más capaz del mundo.

»Aquí está nuestra escalera, *monsieur*. He cumplido con mi parte del acuerdo. Recuerde la suya.

Tras una gira de dos meses por Suiza y los lagos de Italia, los Fisher se hallaron en el Hotel Splendid de París rodeados de compatriotas. Para Fisher era un alivio tras la experiencia que lo había dejado perplejo en Baden, seguida por una plétora de espléndidos picos nevados, el estar de nuevo entre personas que sabían distinguir entre una escalera de cartas del mismo palo en el póquer y un farol, y cuyos pechos se emocionaban del mismo modo que el suyo ante la bandera de barras y estrellas. Fue especialmente agradable encontrarse en el hotel, entre un grupo de personas procedentes del este norteamericano que habían acudido a visitar la Exposición Universal,[12] a la señorita Bella Ward, de Portland, una joven bonita y con talento, comprometida con su mejor amigo de Nueva York. Con mucho menos placer, Fisher supo que el barón Savitch también estaba en París. Acababa de llegar del Congreso de Berlín y era el hombre del momento entre los pocos escogidos que podían leer el significado oculto en los comunicados

[12] Se refiere el autor a la Exposición Universal de París de 1878

políticos y distinguir los falsos diplomáticos de los jugadores reales de este tremendo torneo. El doctor Rapperschwyll no estaba con el barón. Se había quedado en Suiza, junto a su anciana madre. Esta última noticia fue bien recibida por Fisher. Cuanto más reflexionaba sobre la entrevista en el Mercuriusberg, más sentía que debía convencerse de que todo aquello era una farsa, no una cruda realidad. Se habría alegrado, aun a costa de su propia sagacidad, de creer que el doctor suizo se había divertido de su credulidad.

Pero el recuerdo de la escena en el dormitorio del barón en el Badiseher Hof era demasiado real para dar pábulo a esta hipótesis. Además, debía contentarse con la idea de que pronto el vasto Atlántico estaría entre él y algo tan inhumano, peligroso y monstruosamente imposible como el barón Savitch.

Apenas había pasado una semana cuando se vio en la compañía de esa imposible persona. Las damas del grupo de norteamericanos conocieron al barón ruso en un baile de gala en el New Continental Hotel, y quedaron encandiladas con su hermoso rostro, sus modales refinados, su inteligencia y su ingenio. Lo vieron de nuevo en el baile del embajador norteamericano y ante la indescriptible consternación de Fisher, las relaciones establecidas fructificaron rápidamente en dirección a algo más íntimo. El barón Savitch se convirtió en un asiduo visitante del Hotel Splendid. El recuerdo de este período le produce disgusto a Fisher. Durante un mes, su paz espiritual se vio alterada por la aprensión y el asco. Debía admitir que el comportamiento del barón era amistoso, aunque ninguna de las partes hiciese alusión a lo sucedido en Baden.

Pero la noción de que nada bueno saldría de la asociación de sus amigos con alguien cuyos principios morales habían sido sustituidos por un sistema de engranajes, lo mantenía en un estado perpetuo de desazón. De buena gana les habría explicado a sus amigos la verdadera naturaleza del ruso, que no era alguien con una sana organización mental, sino solo una maravilla mecánica, construido sobre un principio que era una subversión de cuanto la sociedad representaba en la actualidad... resumiendo, un monstruo cuya existencia debía ser considerada con asco por cualquier persona recta y honesta. Pero la solemne promesa hecha al doctor Rappers-chwyll tenía sus labios sellados.

Un suceso banal le hizo abrir los ojos ante las características alarmantes de la situación, llenando su corazón de un nuevo sentimiento de horror. Un atardecer, pocos días antes de la fecha designada para la marcha de los norteamericanos desde El Havre hacia su país, Fisher entró en el salón privado que, de común acuerdo, era el cuartel general del grupo de turistas. Al principio pensó que estaba vacío. Pero muy pronto vio que en un rincón del ventanal, ocultas por las cortinas, se divisaban las siluetas del barón Savitch y la señorita Ward, que no se percataron de su presencia. La mano de ella estaba en la del barón y miraba directamente el apuesto rostro del ruso con una expresión que Fisher comprendió muy bien.

Fisher tosió educadamente y, yendo a la otra ventana fingió interesarse por lo que sucedía en el bulevar. La pareja surgió del rincón. El rostro de la señorita Ward estaba encarnado y se marchó corriendo. Sin embargo, no se veía signo alguno de apuro en las facciones impávidas del barón. Saludó a Fisher y se puso a hablar del enorme globo aerostático en la Place du Carrousel. Fisher se apenó por la joven, pero no pudo culparla de nada. Él creía que en el fondo de su corazón aún era fiel a su compromiso de Nueva York. Sabía que los halagos de un hombre no harían mella en su lealtad. Reconoció que se hallaba bajo el hechizo de un poder sobrehumano.

Pero ¿cuál sería el resultado? No podía contarle la verdad, ya que su promesa se lo impedía. Sería inútil apelar a la generosidad del barón, pues sus fines inexorables no se regían por sentimientos humanos. ¿Debía dejar que la relación continuase mientras él observaba atado de pies y manos? ¿Era posible que esta adorable e inocente joven fuese sacrificada a los caprichos pasajeros de un autómata? Aun admitiendo que las intenciones del barón fuesen las más honorables, ¿hacía eso la situación menos horrenda? ¿Casarse con una máquina? La lealtad a su amigo neoyorkino y su afecto por la joven, le reclamaban actuar con presteza.

Y, al margen de todo interés particular ¿no tenía un deber hacia la sociedad y las libertades del mundo? ¿Se permitiría a Savitch continuar la carrera preparada por su creador, el doctor Rapperschwyll? Fisher era la única persona en el mundo que podía dar al traste con un programa tan ambicioso. ¿Alguna vez había sido un Bruto tan necesario como entonces? Sumido en un mar de dudas y temores, los últimos días de Fisher en París fueron inenarrablemente terribles. La mañana que zarpaba el vapor había decidido actuar según sus sentimientos. El tren para El Havre salía al mediodía y a las once de la mañana el barón Savitch se presentó en el Hotel Splendid para despedirse de sus amigos norteamericanos. Fisher vigilaba de cerca a la señorita Ward. La joven mostraba cierta reticencia que no hizo más que reforzar su decisión.

El barón observó casualmente que se vería en la obligación y el placer de visitar Estados Unidos en breve y que esperaba entonces renovar las relaciones interrumpidas por esta separación. Mientras hablaba Savitch, Fisher notó que sus ojos se cruzaban con los de la señorita Ward, mientras un leve bochorno teñía sus hermosas mejillas. Fisher advirtió que la situación era acuciante y exigía un remedio similar.

Se unió entonces a las señoras del grupo para pedir al barón que las acompañase a un tentempié antes del viaje en coche hasta la estación. Savitch aceptó de buen grado la cordial invitación. Rechazó cortésmente el vino, diciendo que su médico se lo había prohibido terminantemente. Fisher salió un instante de la estancia y regresó con la botella negra que había jugado un papel tan importante en el suceso de Baden.

—El barón ya ha expresado su aprobación al más noble de los productos de nuestro país —dijo—, y sabe que esta bebida goza de las mejores recomendaciones médicas.

Dicho esto, vertió el resto del contenido de la botella de whisky de Kentucky en un vaso y se lo ofreció al ruso. Savitch vaciló un instante. Su experiencia anterior con aquel néctar era una tentación y un aviso, pero no deseaba parecer descortés. Un comentario casual de la señorita Ward forzó su decisión.

—Como es natural, el barón —sonrió ella— no se negará a desearnos un *bon voyage*[13] al estilo norteamericano.

Savitch vació el vaso y la conversación giró a otros temas. Los coches ya aguardaban abajo. Estaban en plena despedida cuando Savitch se puso de pronto las manos en la frente, aferrándose al respaldo de una silla. Las damas lo rodearon con aire alarmado.

—No es nada —dijo con voz débil—. Es solo un mareo.

—No hay tiempo que perder —se adelantó Fisher—. El tren sale en veinte minutos. Prepárense mientras yo lo atiendo.

Fisher se apresuró a llevar al barón a su propio dormitorio. Savitch se desplomó en la cama. Se repitieron los síntomas de Baden. Poco después, el ruso quedó inconsciente. Fisher consultó su reloj. Le quedaban solo tres minutos. Cerró la puerta con llave y ajustó la perilla de la campanilla eléctrica. Luego, dominando sus nervios con un supremo esfuerzo, Fisher

[13] Buen viaje.

quitó la engañosa peluca y el casquete negro de la cabeza del barón.

«¡Que Dios me perdone si cometo un error lamentable! —pensó—. Pero creo que es lo mejor para nosotros y para el mundo».

Rápidamente, pero con mano firme, desenroscó la tapa de plata. El mecanismo quedó a la vista. El barón exhaló un quejido. Fisher arrancó sin escrúpulos la maravillosa máquina. No tenía tiempo ni ganas de examinarla. Tomó un periódico y la envolvió en él. Metió el paquete en su maleta de viaje aún abierta. Después enroscó la tapa de plata con firmeza en la cabeza del barón y le recolocó el casquete y la peluca. Hizo todo esto antes de que el sirviente contestase a su llamada.

—El barón Savitch no se encuentra bien —dijo Fisher al criado cuando este llegó—. No hay motivos para alarmarse. Mande llamar a su ayuda de cámara Auguste, que está en el Hôtel de l'Athénée.

Veinte segundos después Fisher estaba en un coche de alquiler, viajando velozmente hacia la estación Saint-Lazare. Cuando el vapor *Pereire* se hallaba mar adentro, con Ushant a setecientos kilómetros atrás y una gran cantidad de agua bajo su quilla, Fisher sacó un bulto de su maleta. Apretando los dientes y frunciendo los labios llevó el pesado paquete al costado del barco y lo arrojó a los abismos del Atlántico. El envoltorio produjo un pequeño remolino en las aguas serenas y se hundió para siempre. A Fisher le pareció haber oído un grito salvaje y desesperado y se tapó los oídos con las manos para ahogar el ruido. Una gaviota revoloteaba el barco, así que el grito pudo haber sido producido por ella. Fisher sintió un toque ligero en el brazo. Se giró con rapidez. La señorita Ward estaba a su lado, apoyada en la barandilla.

—¡Dios mío! ¡Qué pálido está! —dijo—. ¿Qué diablos ha estado haciendo?

—Salvaguardando la libertad de dos continentes —respondió lentamente Fisher— y tal vez salvando, al mismo tiempo, su propia paz espiritual.

—¿De veras? —dijo ella—. ¿Cómo lo ha hecho?

—Lo he hecho tirando al barón Savitch por la borda —repuso Fisher en tono grave.

La risa cantarina de la señorita Ward resonó alegremente.

—A veces es demasiado chistoso, señor Fisher —le espetó.

HORROR EN LAS ALTURAS

Arthur Conan Doyle

La idea de que el asombroso relato, conocido como *Fragmento de Joyce-Armstrong*, sea un artificio creado por cualquier desconocido con un macabro sentido del humor ha sido rechazada por quienes conocen a fondo el asunto. Hasta el mentiroso más lúgubre y fecundo se lo hubiese pensado dos veces antes de dedicar su fantasía morbosa a los sucesos trágicamente incontrovertibles en los que se apoya este documento. Aunque esté trufado de afirmaciones asombrosas e incluso monstruosas, nos obliga a revisar ciertas ideas que nos parecen hoy anticuadas. Solo una fina barrera de seguridad protege al mundo de un peligro insospechado. Antes de reproducir el documento original en su forma incompleta, por desgracia, dejaré a la consideración del lector los hechos conocidos hasta hoy. Para empezar, he advertido a los escépticos capaces de dudar del informe de Joyce-Armstrong, que los hechos relacionados con teniente Myrtle de la Marina Real y con el señor Hay Connor han sido comprobados. Como dice el narrador, ambos fallecieron.

El *Fragmento de Joyce-Armstrong* fue hallado en el campo, en la zona conocida como Lower Haycock, a mil quinientos metros al oeste del pueblo de Withyham, en la frontera entre Kent y Sussex. El pasado 15 de septiembre, un peón agrícola, James Flynn, empleado del granjero Mathew Dodd, de Chauntry Farm, en Withyham, descubrió una pipa de brezo junto al camino que sigue la valla de Lower Haycock. Pocos metros más allá encontró unos lentes rotos. Finalmente, halló entre las ortigas del foso un libro fino forrado en tela. Era un cuaderno de notas. Varias hojas se habían separado y volaban junto a la valla. Lo recogió todo. Por desgracia, no se han podido encontrar tres hojas, las dos primeras entre ellas. El peón llevó el botín a su jefe, quien, a su vez, se lo mostró al doctor J. H. Atherton, de Hartfield. El caballero en cuestión comprendió de inmediato que era indispensable el examen de los peritos y remitió el manuscrito al Club de Aviación de Londres, donde aún sigue. Faltan las dos primeras páginas del manuscrito. También emprendieron otra al final del relato. Pero no se resiente la coherencia de lo escrito por eso. Se supone que al principio se describiría la carrera del señor Joyce-Armstrong, por otra parte, de fácil reconstrucción y sin igual en la historia de la aviación británica. Durante muchos años, Joyce-Armstrong fue considerado uno de los más sabios y audaces aviadores. Esta suma de talentos le permitió inventar y probar varios procedimientos a los que quedará ligado para siempre su nombre.

Todo su manuscrito está bien escrito con tinta. Solo las últimas líneas, garrapateadas con lápiz, apenas son legibles. Parecen escritas a toda prisa desde el asiento de un avión en vuelo. Añadamos que unas manchas cubren parte de la última página y de la cubierta. Los peritos del Ministerio del Interior han declarado que son de sangre, posiblemente humana, pero sin duda de mamífero. El hecho de que su análisis haya revelado indicios del virus de la malaria (Joyce-Armstrong sufría frecuentes ataques de fiebre) es un buen ejemplo de los nuevos instrumentos que la ciencia moderna pone en manos de nuestros detectives. Ahora algo sobre la personalidad del autor de un documento que hará época. Joyce-Armstrong, si creemos a los pocos que lo conocieron bien, era tan soñador y poeta como inventor y entendido en mecánica. Había dedicado la mayor parte de una considerable fortuna a satisfacer su manía por la aviación. En sus hangares, cerca de Devizes, tenía cuatro aviones suyos y, durante el año pasado, había despegado más de ciento setenta veces. A menudo lo asaltaba un humor sombrío. Entonces se aislaba y evitaba cualquier contacto. El capitán Dangerfield, su camarada más íntimo, cuenta que a veces su excentricidad rozaba la demencia. ¿No solía llevar en su avión un fusil de caza?

Por otra parte, el accidente que sufrió el teniente Myrtle lo impresionó profundamente. Queriendo batir el récord de altitud, Myrtle había caído desde una altura aproximada de diez mil metros. Un detalle macabro: su cabeza desapareció por completo, pero sus miembros y el resto del cuerpo conservaban su forma original. Cuando los pilotos se reunían, Joyce-Armstrong preguntaba con una sonrisa enigmática:

—Decidme, por favor, ¿habéis encontrado la cabeza de Myrtle?

Una tarde, después de cenar, había abierto un debate en la tertulia de la Escuela de Pilotos de Salisbury sobre el siguiente tema: ¿Cuál es el mayor y más prolongado peligro al que se exponen los pilotos? Tras escuchar las opiniones de los demás sobre las depresiones atmosféricas, los defectos de construcción y las tormentas, se había encogido de hombros, negándose a expresar su opinión, aunque dando a entender que difería radicalmente de lo que acababa de escuchar.

Conviene señalar que al día siguiente de su desaparición se descubrió que había puesto en orden todos sus asuntos con una minuciosidad que conduce a pensar que presentía el final que le aguardaba. Estas indicaciones previas eran necesarias. Ahora transcribiré la narración tal y como figura a partir de la página 3 del cuaderno de notas manchado de sangre.

Sin embargo, cuando cené en Reims con Coselli y Gustave Raymond, pude constatar que ninguno de los dos era cons-

ciente de la existencia de un peligro específico en las capas altas de la atmósfera. Como es natural, no les conté lo que me rondaba la cabeza, sino que hice alusiones, de manera que si ellos hubiesen tenido unas ideas parecidas a las mías no habrían perdido la ocasión de expresarlas. Pero ¡ay!, esos dos vanidosos sin cabeza solo piensan en ver sus nombres en la prensa. Observé con interés que ninguno había sobrepasado los siete o siete mil quinientos metros. Así que, estoy seguro, ese debe ser el límite a partir del cual el avión entra en la zona de peligro, siempre que mis hipótesis sigan siendo correctas.

Hace más de veinte años que los hombres vuelan en avión. Si alguien me pregunta por qué ese peligro ha comenzado a revelarse solo ahora, la respuesta sería sencilla. En la época de los motores modestos, cuando se creía que un motor de cien caballos Gnome o Green cubría cualquier necesidad, los aviones no podían sobrepasar ciertos límites. Actualmente los motores de trescientos caballos son la regla más que la excepción y volar por las capas más altas de la atmósfera se ha hecho más fácil y frecuente. Algunos recordaremos que, de jóvenes, Garros se hizo mundialmente famoso tras alcanzar la altitud de seis mil metros y que sobrevolar los Alpes se convirtió en toda una proeza. Desde entonces, la media de los vuelos ha mejorado mucho y se hacen veinte vuelos de altitud donde antes solo se hacía uno. Es cierto que la mayoría se han hecho con impunidad y que se ha alcanzado muchas veces la cota de los diez mil metros sin más obstáculos que el frío y la anoxia. Pero ¿qué demuestra esto? Un visitante podría bajar mil veces a nuestro planeta sin ver un tigre y, no obstante, los tigres existen. Si casualmente nuestro visitante se posase en la jungla, podría ser devorado. Pues bien, en las capas altas de la atmósfera hay junglas que están habitadas por cosas más terribles que los tigres. Espero que algún día esas junglas figuren en nuestras cartas de navegación con la precisión que merecen. Yo puedo situar ahora dos. La primera sobre la región de Pau y Biarritz, en

Francia. La otra, sobre mi cabeza, mientras escribo en mi casa de Wiltshire. Podría asegurar también que existe otra en la región de Wiesbaden.

Ciertas desapariciones de aviadores me dieron la idea. En general se admite que cayeron al mar, pero esta explicación no me convence. El primero fue Verrier, en Francia. Encontraron su aparato cerca de Bayona, pero jamás descubrieron su cadáver. También está el caso de Baxter, que desapareció, aunque identificaron el motor de su avión y restos de chatarra en un bosque de Leicestershire. El doctor Middleton, de Amesbury, que seguía el vuelo con unos prismáticos, declaró que, momentos antes de que las nubes oscureciesen su campo visual, había visto que el aparato, que se hallaba a una gran altura, se puso en posición vertical tras una serie de sacudidas muy violentas. Esa fue la última vez que vieron el avión de Baxter. Hubo muchos más casos análogos después antes de la muerte de Hay Connor. ¡Cuánta cháchara sobre ese misterio no resuelto! ¡Cuántos ríos de tinta en los periódicos! Pero se cuidaron muy mucho de no llegar al fondo del asunto. Descendió planeando desde una altitud desconocida. No salió de su aparato, pues estaba muerto en el asiento. ¿De qué murió? «De un infarto», dictaminaron los forenses. ¡Absurdo! El corazón de Connor era tan robusto como el mío. ¿Qué declaró Venables? Él era el único hombre que estaba a su lado cuando falleció. Dijo que Hay Connor sufría espasmos y tenía aspecto de estar aterrorizado. «Ha muerto de miedo», aseguró Venables sin imaginar qué podría haberlo asustado. Connor murmuró una única palabra a Venables que sonaba como: «monstruoso». Durante la investigación, nadie pudo determinar a qué podría aplicarse eso de «monstruoso». ¡Yo habría podido! ¡Monstruos! Esa fue la última palabra del pobre Harry Hay Connor. Y claro que murió de miedo. Venables estaba en lo cierto.

Después pasó lo de la cabeza de Myrtle. ¿Creerían ustedes —¿realmente podría creerlo alguien?— que la cabeza de un hombre puede enterrarse del todo en su tronco por una caída? En cuanto a mí, jamás creí esa explicación del caso de Myrtle. ¿Y la grasa encima de la ropa? «Completamente embadurnada de grasa», comentó alguien en el transcurso de las pesquisas. ¡Qué raro que nadie reflexionase sobre eso! Pero yo lo hice. La verdad es que llevaba tiempo reflexionando sobre eso. Hice tres intentos —¡y pensar que Dangerfield se reía de mí por llevar el fusil de caza!—, pero no logré subir a la suficiente altura. Ahora, con mi nuevo Paul Veroner ligero con un motor Robur de 175 caballos, mañana debería alcanzar sin dificultad los diez mil metros. ¡Tal vez esté tentando al diablo! No niego que exista peligro. Pero para evitar el peligro, basta con no volar y pasarse la vida en bata y zapatillas. Mañana exploraré la jungla aérea. Si hay algo allí, lo sabré. Si regreso, seré famoso, una estrella. Si no, este cuaderno atestiguará lo que quiero hacer y cómo he perdido la vida en el intento. Pero ¡por favor, nada de bobadas con respecto a «accidentes» o «misterios»!

He escogido mi monoplano Paul Veroner para este trabajillo. Un monoplano es lo mejor si se quiere conseguir realmente algo. Beaumont lo comprendió desde el principio. Por ejemplo, no le afecta la humedad. El tiempo que hace ahora permite prever que ambos estaremos en todo momento entre nubes. Es un pequeño prototipo precioso que responde a mi mano como un caballo blando de boca. El motor es un Robur de diez cilindros y 175 caballos de potencia. El aparato cuenta con los últimos adelantos de la técnica: fuselaje blindado, patines de aterrizaje de curva pronunciada, frenos potentes, estabilizadores giroscópicos, tres velocidades accionadas por alteración del ángulo de los planos según el principio de los alerones móviles. Llevo un fusil de caza y una docena de cartuchos de postas. Deberían haberle visto la cara a Perkins, mi viejo mecánico, cuando le pedí que metiese todo en el avión. Me vestí como un explorador del Ártico, con dos jerséis debajo del mono, calcetines gruesos para mis botas forradas de pelo, una gorra de oreje-

ras y mis anteojos de mica. Me asfixiaba cuando salí de los hangares, pero como quería superar la altura de la cumbre más alta del Himalaya cuando ascendiese, era necesario llevar el traje apropiado a mi misión. Perkins se olió algo y me pidió que lo llevase conmigo. Si hubiese utilizado un biplano, tal vez habría accedido. Pero un monoplano al que se quiere sacar la máxima potencia de ascenso es para un solo tripulante. Como es natural, llevo una mascarilla de oxígeno. El piloto que quiera batir un récord de altitud sin oxígeno moriría congelado o asfixiado, o puede que ambas cosas.

Antes de sentarme comprobé los planos, el timón de dirección y el cableado. Satisfecho con mi inspección, arranqué el motor y recorrí sin prisa la pista. Despegué en primera, luego di dos vueltas al aeródromo para calentar el motor, haciendo un gesto de la mano saludé a Perkins y a los demás, cobré altura y aceleré a fondo. Durante quince kilómetros el avión se deslizó como una golondrina en el viento. Incliné el morro hacia delante y comenzó a ascender hacia las nubes, describiendo una gran espiral. Es muy importante ascender lentamente para ir habituándose a la presión.

Estaba bochornoso y hacía demasiado calor para un día de septiembre en Inglaterra. Amenazaba lluvia. Soplaban del sudoeste rachas de viento. Una de ellas, más fuerte que las otras, me pilló desprevenido y me desvió de mi trayectoria. Recuerdo cuando las ráfagas de aire y las depresiones eran los peligros más graves, pues nuestros motores no tenían suficiente potencia. Justo cuando alcancé la capa de nubes comenzó a llover. El altímetro indicaba mil metros. De veras, ¡menuda lluvia! Azotaba las alas y me empapaba el rostro y los anteojos. Apenas veía. Afectaba a mi velocidad de crucero, pero ¿qué se podía hacer? Mientras cobraba altura, se transformó en granizo, así que tuve que rodearla. Uno de los cilindros dejó de funcionar, sin duda una bujía con demasiada grasa. Sin embargo, pude continuar el ascenso sin perder potencia. Poco después, mi pro-

blema mecánico se resolvió y oí de nuevo el rugido de los diez cilindros cantando al unísono y en perfecta armonía. Ese es el milagro de los silenciadores modernos: que nos permiten controlar los motores de oídas. Cuando no giran bien, ¡qué forma de gritar, protestar y gemir! Antes todas esas llamadas de auxilio quedaban tapadas por el estruendo del motor. ¡Ay! ¡Si los pioneros de la aviación pudiesen resucitar, aunque solo fuese para admirar la perfección mecánica que se pagó con sus vidas!

A eso de las nueve y media llegué cerca de las nubes. Debajo de mí, difusa y barrida por la lluvia, se extendía la amplia llanura de Salisbury. Media docena de aparatos se volaban a tres o cuatrocientos metros de altitud. Eran como gorriones. Me pareció que se preguntaban qué haría yo en medio de las nubes. Entonces me pareció que corrían delante de mí una cortina gris y unos remolinos de vapor bailaron ante mi cara. Aquello daba frío y sensación de tristeza. Pero había dejado atrás el granizo y eso que había salido ganando. La nube era tan oscura y densa como una niebla londinense. Deseando salir de ella, tiré de la manija hasta que se disparó el timbre automático de alarma y avancé a trompicones. Mis alas mojadas tenían ahora más lastre del que había pensado. Pero pronto alcancé una zona de nubes menos densa, que pasé a continuación. Una segunda capa, opalina y algodonosa, me esperaba a gran altitud, sobre mí. Formaba una especie de techo, mientras que debajo me parecía ver un piso oscuro e igual de liso. Mi monoplano se abría camino entre los dos, hacia el cielo. ¡Qué solo se siente uno en estos espacios ilimitados! Vi una gran bandada de aves acuáticas en vuelo rápido hacia el oeste. Confieso que me gustó tenerlas ahí. Creo que eran cercetas, pero soy un zoólogo terrible. Ahora que los hombres se han hecho aves, deberíamos aprender a reconocer a nuestros hermanos con una sola ojeada.

El viento azotaba debajo de mí la gran llanura de nubes. Hubo un momento en que se formó un gran remolino, así que pude ver el suelo por el agujero superior. Un gran avión blanco volaba mucho más abajo. Era el del servicio matinal de la línea Bristol-Londres. Después, el torbellino comenzó a girar en sentido inverso y volví a estar solo. Poco después de las diez llegué al borde inferior de la capa superior de nubes. Aquellos estratos eran de un vapor fino y diáfano que flotaba lentamente hacia el este. La fuerza del viento había arreciado poco a poco. La temperatura era muy baja, aunque mi altímetro indicase nada más que tres mil metros. El motor sonaba increíblemente bien. Aun siendo más espesa de lo que había pensado, la nube se adelgazó en una bruma dorada que hizo que me diesen la bienvenida un cielo puro y un sol radiante. Sobre mí solo veía azul y oro, por debajo, solo plata centelleante. Eran las diez y cuarto, la aguja del barógrafo marcaba cuatro mil doscientos metros. Seguí el ascenso, atento al ronroneo del motor, los ojos fijos en el cronómetro, el cuentarrevoluciones, el nivel de combustible y la bomba de aceite. Es normal que se diga de los aviadores que no temen a nada. Tienen tantas cosas en las que pensar que no tienen tiempo de pensar en ellos mismos. Fue en ese momento cuando vi lo poco fiable que puede ser una brújula por encima de cierta altura. Por suerte, el sol y el viento me devolvieron a mis coordenadas correctas.

Había esperado hallar una gran calma al elevarme más, pero a medida que ascendía, la tormenta aumentaba su violencia. Mi monoplano gemía, se estremecían todos sus remaches, agitándose como una hoja de papel cuando quería virar, deslizándose en el viento, tal vez más rápido de lo que haya volado ningún mortal. Tenía que enderezar el aparato a cada momento y evitar los remolinos, poniéndome a barlovento, pues buscaba un récord de altitud y, según todos mis cálculos, mi jungla aérea se hallaba sobre la pequeña Wiltshire. Mis esfuerzos serían vanos si en ese momento no atacaba las capas altas de la atmósfera.

Alcancé los seis mil metros poco antes de las doce del mediodía. El viento soplaba con tal furia que miraba ansiosamente los cables de mis alas. Esperaba verlos distendidos o partidos en cualquier momento. Había tomado de detrás el paracaídas, fijándolo al mosquetón de mi cinturón de cuero con el fin de estar preparado para lo peor. En momentos como ese es cuando las meteduras de pata del mecánico pueden costarle la vida al aviador. Pero el aparato se portaba muy bien. Sus cables y sus soportes zumbaban y vibraban como las cuerdas de un arpa. Yo me maravillaba de comprobar cómo, pese a los golpes y las sacudidas, dominaba el cielo. Debe haber en el hombre algo divino para que se eleve así sobre los límites que el Creador parece haberle asignado, para que se eleve gracias a esa continuidad desprendida y heroica que demuestra la conquista del aire. ¡Se habla de degeneración del hombre! ¿Cuándo una historia de esa índole se llegó a escribir en los anales de nuestra especie?

Con todas esas ideas en la cabeza, llevaba mi monoplano cada vez más hacia arriba, aunque el viento me lacerase la cara y silbase detrás de mi cabeza. La llanura de nubes debajo de mí se había alejado. Sus pliegues y sus bolsas plateadas se habían fundido en una planicie deslumbrante. Entonces me ocurrió algo sin precedentes. Ya conocía los problemas de dar con lo que nuestros vecinos del otro lado del Canal llaman torbellino. Sin embargo, jamás había visto uno tan grande como aquel. Ese formidable caudal ventoso que lo barre todo contiene remolinos que son tan terroríficos como él mismo. Sin advertencia alguna, uno de ellos me absorbió brutalmente. Durante uno o dos minutos di vueltas a tal velocidad que casi me desmayé, después caí, empezando por el ala izquierda, en el vórtice del remolino central. El vacío me arrastró en una caída libre de trescientos metros, como si fuese una piedra. Permanecí en el asiento gracias al cinturón, pues la sacudida me cortó la respiración, llevándome medio desvanecido por encima del borde del fuselaje. Pero —ese es el gran mérito de ser piloto— aún pude hacer el esfuerzo supremo. Noté que la caída se detenía.

En realidad, el torbellino tenía más la forma de un cono que de un cilindro y yo me acercaba a la cúspide. Mediante una torsión tremenda, echando todo el peso a un lado, pude enderezar las alas y recobré el control del avión para salir de los remolinos. Roto, pero triunfante, volví a tirar de la manija y pude continuar subiendo. A las trece horas estaba a siete mil metros sobre el nivel del mar. Para mi gran satisfacción la tormenta había quedado debajo —cuanto más ascendía, más calmado estaba el aire—, aunque hacía mucho frío y ya sentía la peculiar náusea que provoca el enrarecimiento del aire, de manera que me puse la mascarilla de oxígeno y aspiré a intervalos regulares el milagroso gas. Lo sentía correr por mis venas como un licor y me sentía muy animado, casi eufórico. Gritaba, cantaba sin dejar de trazar mi estela en el cielo helado.

Estoy convencido de que el desfallecimiento de Glaisher y, en menor grado de Coxwell, cuando alcanzaron en globo la altitud de diez mil metros en 1862, lo causó la extremada rapidez con que efectuaron su ascenso vertical. Cuando se sube con una inclinación moderada y se acostumbra lentamente el cuerpo a la disminución de la presión atmosférica, se evitan esos problemas. A la misma altitud, descubrí que podía respirar sin sentirme demasiado mal, incluso sin la mascarilla de oxígeno. No obstante, el frío era cada vez más punzante y el termómetro marcaba 18 grados bajo cero. A las trece horas treinta minutos, estaba casi a once mil metros sobre la superficie del globo y seguía ascendiendo con regularidad. Pero el escaso aire sustentaba mucho menos las alas y el ángulo de ascenso se había reducido muchísimo. Comprendí que, aun con un aparato tan ligero y un motor tan robusto como los míos, pronto alcanzaría el techo. Para colmo de males, se desajustó una bujía y el motor se puso a toser.

Cuando comenzaba a temerme el fracaso, sucedió algo del todo extraordinario. Un objeto se cruzó en mi camino, zumbando y dejando una estela de humo. A continuación, explotó con gran silbido en medio de una nube de vapor. En ese momento no supe qué pensar. Entonces recordé que la Tierra es bombardeada continuamente por meteoritos y que difícilmente sería habitable si casi todos ellos no se desintegrasen al contacto con las capas superiores de la atmósfera. Que lo sucedido muestre el nuevo peligro que amenaza a quienes se arriesgan a las alturas, pues otros dos meteoritos me pasaron cerca cuando me aproximaba a los doce mil metros. En los confines de la atmósfera terrestre, el riesgo debe ser mucho mayor y real. La aguja de mi barómetro marcaba doce mil trescientos metros cuando vi que no podía seguir subiendo. Físicamente podría soportar un esfuerzo más, pero mi máquina había llegado al límite. El aire enrarecido no sustentaba lo suficiente mis alas. Cualquier inclinación y el aparato se ladeaba siguiendo la dirección del ala y no obedecía. Si el motor no hubiese fallado, tal vez habría podido ascender como mucho tres o cuatrocientos metros más, pero sus espasmos se multiplicaban y me pareció que dos de sus diez cilindros no funcionaban. Si en esos momentos no me encontraba en la zona que buscaba, entonces no podría alcanzarla. ¿No habría penetrado ya allí? Girando en círculo y planeando como un colosal halcón a doce mil trescientos metros, dejé volar solo el monoplano, mientras atisbaba los alrededores con los prismáticos. El cielo era de una claridad absoluta. Nada invitaba a suponer los peligros que sospechaba.

He dicho que volaba en círculos. Pensé que debería inspeccionar una zona más amplia. El cazador que se adentra en una jungla de la Tierra, ¿no la atraviesa de un extremo a otro esperando descubrir su presa? Pues, según mis deducciones, la jungla aérea que buscaba debía hallarse en un punto por encima de Wiltshire, esto es, a mi sudoeste. Me orienté con el sol, pues no me servía la brújula y no distinguía el suelo, así que me lancé en la dirección requerida. Fui en línea recta, pues había calculado que me quedaba solo combustible para una hora. No obstante, podía darme el capricho de agotarlo hasta el final, ya que un magnífico vuelo planeando me devolvería sin problemas al suelo.

Entonces noté que algo había cambiado. Delante de mí, el aire había perdido su nitidez. Tenía largas formas retorcidas de algo que solo podía comparar al leve humo de un cigarrillo. Sus filamentos, sus coronas avanzaban lentamente bajo la luz del sol. Cuando el monoplano atravesó aquella materia desconocida, sentí en los labios un ligero sabor a aceite y el fuselaje del avión se recubrió de una espuma grasienta. Parecía flotar en la atmósfera una materia orgánica infinitamente sutil. ¿Estaría viva?

Aquella materia tenue y primaria cubría varias hectáreas para después disiparse en el vacío. ¡No, no estaba viva! Pero ¿no indicaría vida, algo así como los pastizales de la vida, los pastizales de un ser monstruoso? Algo como el modesto plancton del océano que alimenta a la poderosa ballena. Pensaba en eso cuando, al alzar la mirada, se me recompensó con una visión completamente singular. ¿Podré contarla hoy tal y como la vi el pasado martes?

Imaginen una medusa de los mares tropicales, con forma de campana, pero de un tamaño enorme, mucho mayor que la cúpula de la iglesia de San Pablo. De color rosa claro, con vetas verde claro, poseía una esencia tan sutil que era una forma feérica que se recortaba sobre el cielo azul oscuro. Latía a un ritmo lento y regular. Dos largos tentáculos verdes que caían y se balanceaban sin prisa hacia delante y atrás y viceversa, completaban aquella maravilla. Aquella asombrosa visión pasó sobre mi cabeza con silenciosa dignidad. Era ingrávida y frágil como una pompa de jabón, y siguió su camino con aire majestuoso. Yo había virado para contemplarla mejor, cuando vi que me escoltaba una escuadra de criaturas parecidas de diversos tamaños, aunque la primera que había visto era, con mucho, la mayor. Algunas me parecieron pequeñas, pero la mayoría tenía el tamaño de un globo mediano. La delicadeza de su textura y sus colores me recordaba el cristal de Venecia. El rosa y el verde pálido predominaban, produciendo irisaciones cuando el sol jugaba con sus formas gráciles. Varios cientos pasaron cerca de mí. Sus formas y su materia se adecuaban tan armoniosamente con la pureza de estas altitudes que no se podía imaginar nada más hermoso. Entonces mi atención quedó atrapada por otro fenómeno: las serpientes del aire exterior. Imaginen largos rizos delgados y espectrales, de una materia como vapor. Giraban y se retorcían a una velocidad tal que el ojo apenas podía seguirlas. Algunos de aquellos animales fantasmales podían tener ocho o diez metros de largo, pero era imposible tratar de calcular su diámetro por lo brumoso de su contorno, que parecía esfumarse en el aire. Aquellas serpientes de aire, de color gris claro, tenían estrías junto a líneas más oscuras, lo cual les daba el aspecto de un organismo real. Una de ellas me rozó el rostro y sentí algo frío y húmedo. Tenían un aire tan poco material que, al observarlas de cerca, en ningún momento llegué a pensar en un peligro físico. Sus formas carecían de consistencia como la espuma de una ola que se rompe.

Pero me quedaba una experiencia más terrible. Bajando de una gran altitud, una mancha de vapor púrpura, que al principio se me antojó pequeña, aumentó rápidamente al acercarse a mí. Aunque estaba formada por una especie de sustancia transparente como la jalea, poseía un contorno más preciso y una consistencia más sólida que cuanto había visto hasta entonces. También observé indicios más obvios de un organismo físico, en especial a ambos lados: dos placas redondas, bastante anchas y oscuras, que podían ser ojos, y entre ambas algo blanco, sólido y protuberante, tan encorvado y cruel como el pico de un buitre.

El aspecto general de aquel bicho era asombroso y amenazante. Cambiaba de color sin cesar, de un malva muy claro a un inquietante rojo oscuro. No podía negar su consistencia, pues había proyectado una sombra al situarse entre el sol y el monoplano. En la parte superior de su cuerpo curvado sobresalían tres grandes jorobas que solo puedo describir como grandes pompas. Pensé que debían contener algún gas muy ligero para sostener aquella masa informe y semisólida en el aire. Desplazándose rápidamente, el monstruo igualaba sin esfuerzo la velocidad de mi avión. Durante treinta kilómetros planeó sobre mí, como el ave de presa que va a lanzarse sobre su víctima. Avanzaba lanzando delante de ella algo como un largo zarcillo viscoso que luego tiraba a su vez del resto del cuerpo. Era tan elástico y gelatinoso que nunca conservaba la misma forma más de dos minutos seguidos y cada cambio lo hacía más amenazante y horrendo.

Yo sabía que era mi enemigo. Todas las partes de su cuerpo rojo anunciaban su hostilidad. Sus grandes ojos vagos no me abandonaban, fríos, implacables, llenos de un odio visceral. Bajé el morro del avión para descender y huir. Pero, rápido como el rayo, un largo tentáculo apareció de aquella masa flotante y cayó como un látigo sobre la parte delantera del fuselaje. Al sentir el calor del motor oí un silbido agudo y el tentáculo subió de nuevo por el aire, mientras que el cuerpo del monstruo se retorcía como dominado por un dolor repentino. Quise lanzarme en picado, pero otro tentáculo cayó sobre el aparato. La hélice lo cercenó como si hubiese cortado en dos una voluta de humo. Un tercer tentáculo viscoso y grasiento llegó a mi espalda, enrollándose en mi cintura para sacarme del fuselaje. Mis dedos se hundieron en algo tan pegajoso como la cola, destrozándolo y librándome de él. Sin embargo, fue un instante, pues enseguida otro tentáculo tiró de una de mis piernas con tanta fuerza que caí hacia atrás.

Ante aquel ataque disparé los dos cañones de mi fusil. Sin duda yo debía parecer algo así como un cazador de elefantes que ataca a su presa con una cerbatana de bolsillo. ¿Cómo cabía esperar que un arma humana pudiera paralizar a una masa tan monstruosa? Pero debí estar inspirado, pues una de las grandes jorobas de la bestia explotó al recibir el impacto de las postas. No me equivocaba. Aquellos bultos estaban llenos de gas. Así pues, mi enemigo giró sobre un costado, retorciéndose desesperadamente para recuperar el equilibrio, abriendo y cerrando enfurecido su blanco pico. Pero yo había emprendido a todo gas el picado más audaz que podía. Dicho de otro modo, bajé como un aerolito. Detrás de mí, lejos, una débil mancha roja disminuyó rápidamente de tamaño hasta desaparecer en el azul del cielo. ¡Uf! Había salido incólume de aquella terrible jungla de la atmósfera superior.

A salvo de peligro, corté el gas, pues nada perjudica más a una máquina que lanzarse en picado a pleno motor. Desde una altitud cercana a los doce mil metros, ejecuté un planeado en espiral, primero hasta la capa de nubes plateadas, después hasta las nubes de tormenta inferiores y, por último, en medio de una lluvia que sacudía mi aparato, hasta el suelo. Al salir de las nubes vi el Canal debajo de mí. Como aún me quedaba combustible, me adentré unos treinta kilómetros en tierra y aterricé en un campo, a medio kilómetro del pueblo de Ashcombe, adonde fui a comprar tres bidones de combustible. A las seis de la tarde me posaba en mis dominios de Devize, tras un viaje que, antes que yo, ningún mortal del planeta concluyó para contarlo. Había visto la belleza y el horror del cielo, belleza y horror que superan cuanto el hombre haya visto sobre la tierra.

Mi idea ahora es subir una vez más antes de comunicar al mundo los resultados de mi exploración. Debo hacerlo. He de traer algún tipo de pruebas antes de dejar perplejos a mis compatriotas con esta historia. Sé que otros pilotos confirmarán pronto mis declaraciones, pero quisiera ser el primero en convencer a la gente. Esas preciosas esferas de aire irisado no deben ser difíciles de capturar, pues avanzan lentamente, de manera que un monoplano rápido podría interceptarlas. Es posible que se disuelvan en las capas más densas de la atmósfera y que baje a tierra solo un montón de jalea informe. Da igual, al menos tendré algo que verificará mi narración. ¡Sí, subiré de nuevo, aunque tenga que correr los mayores riesgos! Esos monstruos rojos no parecen muy numerosos. Seguro que no veré uno solo. Si veo alguno, me lanzaré rápidamente en picado. Si es preciso, podré utilizar mi fusil y mi conocimiento de que... [Por desgracia aquí falta una página del manuscrito. En la página siguiente aparecen garabateadas estas palabras]: *Trece mil cien metros. Nunca veré más la tierra. ¡Que Dios se apiade de mí, una muerte así es terrible!*

Hasta aquí el relato íntegro de Joyce-Armstrong. Del piloto nada más se supo. Los restos de su avión fueron identificados en el coto de caza del señor Budd-Lushington, en el límite entre Kent y Sussex, a pocos kilómetros de donde se halló el cuaderno de notas. Si la teoría del pobre aviador es correcta, si esa jungla aérea, como él la llamaba, existe solo sobre el sudoeste de Inglaterra, él habría intentado huir a toda velocidad y fue atrapado y devorado por esos horribles monstruos que hay sobre el lugar donde cayó su avión. La imagen del monoplano volando en pleno cielo a gran velocidad, con esos terrores sin nombre cortándole el paso hacia el suelo y rodeando a su víctima, es de esas en las que no debe regodearse quien desee conservar un sano equilibrio mental. Sé que los escépticos se reirán de la exposición de los hechos. Sin embargo, tendrán que admitir la desaparición de Joyce-Armstrong. Yo les recomendaría que meditasen en estas dos frases: «Este cuaderno atestiguará lo que quiero hacer y cómo he perdido la vida en el intento. Pero ¡por favor, nada de bobadas con respecto a "accidentes" o "misterios"!».

LO INNOMBRABLE

H.P. Lovecraft

Estábamos sentados en una decrépita tumba del siglo XVI a una hora avanzada de la tarde de un día de otoño, en el viejo cementerio de Arkham, y teorizábamos sobre lo innombrable. Mirando el sauce gigantesco del cementerio, cuyo tronco casi había hundido la antigua losa ahora casi ilegible, yo había hecho un comentario fantástico sobre el alimento fantasmal e incalificable que sus colosales raíces chupaban de aquella vieja tierra macabra. Mi amigo me reprendió por decir esas tonterías y añadió que, si no se habían efectuado enterramientos desde hacía más de un siglo, probablemente el árbol solo recibiría alimento ordinario.

Añadió que mi constante alusión a lo «innombrable» y lo «incalificable» era un recurso de niños, muy acorde con mi escasa categoría como escritor. Yo era aficionado a terminar mis relatos con suspiros o ruidos que paralizaban las facultades de mis héroes y los dejaban acobardados, sin palabras ni recuerdos para decir lo que habían experimentado. Conocemos las cosas, decía él, solo a través de nuestros sentidos o nuestras intuiciones religiosas. Por eso es del todo imposible hacer referencia a ningún objeto o visión que no se pueda describir claramente con las sólidas definiciones empíricas o las correctas doctrinas teológicas, congregacionalistas a ser posible, con las modificaciones que puedan aportar la tradición o sir Arthur Conan Doyle.

Yo discutía a menudo lánguidamente con este amigo, Joel Manton. Era director de la East High School, nacido y criado en Boston. Participaba de esa sordera autocomplaciente de Nueva Inglaterra para las sutiles insinuaciones de la vida. Opinaba que solo nuestras experiencias normales y objetivas poseen importancia estética, que lo que atañe al artista no es tanto provocar una fuerte emoción mediante la acción, el éxtasis y el asombro, como mantener un interés y apreciación constantes con transcripciones detalladas y precisas de lo cotidiano. Era contrario a mi preocupación por lo misterioso e inexplicable porque, aunque creía en lo sobrenatural más que yo, no admitía que fuese un tema lo bastante común para abordarlo en literatura.

Para un intelecto claro, pragmático y lógico, era increíble que una mente pudiese hallar su mayor placer en la evasión con respecto a la rutina diaria en las combinaciones originales y dramáticas de imágenes que suelen reservarse por el hábito y el cansancio a las formas manidas de la existencia real. Según él, las cosas y sentimientos tenían dimensiones, propiedades, causas y efectos fijos. Aunque sabía vagamente que el entendimiento en ocasiones tiene visiones y sensaciones de índole bastante menos geométrica, clasificable y manejable, creía que podía trazar una línea arbitraria, desechando aquello que el ciudadano ordinario no puede experimentar y comprender. Además, estaba casi seguro de que no puede existir nada «innombrable». No era razonable, según él.

Aunque veía que era inútil presentar argumentos imaginativos y metafísicos frente a la autosatisfacción de un ortodoxo de la vida diurna, algo en el escenario de este coloquio vespertino incitaba a discutir más de lo normal. Las desgastadas losas de pizarra, los árboles patriarcales y los centenarios tejados holandeses de la vieja ciudad embrujada que nos rodeaban contribuían a encender mi espíritu en defensa de mi obra, de manera que no tardé en llevar mis ataques al terreno de mi enemigo.

En efecto, pude contraatacar porque sabía que Joel Manton seguía medio aferrado a muchas las supersticiones que las gentes cultivadas ya habían dejado. Eran creencias en apariciones en lugares distantes de personas a punto de morir, o bien impresiones dejadas por antiguos rostros en las ventanas a las que se habían asomado cuando vivían. Dar crédito a estos cuentos de vieja campesina, insistía, presuponía creer en sustancias espectrales en la Tierra, separadas de sus duplicados materiales y consiguientes a ellos. También implicaba una capacidad para creer en fenómenos más allá de las nociones normales porque si un muerto puede transmitir su imagen visible o palpable a medio mundo de distancia o desplazarse a lo largo de siglos, ¿por qué iba a ser absurdo suponer que las casas deshabitadas albergan extrañas entidades sensibles o que los viejos cementerios alojan terribles e incorpóreas generaciones de inteligencias?

Puesto que, para efectuar las manifestaciones que se le atribuyen, el espíritu no puede sufrir limitaciones de las leyes de la materia, ¿por qué es una bobada imaginar que los muertos viven psíquicamente en formas —o en ausencias de formas— que resultan absoluta y espantosamente «innombrables» para el observador humano? Al reflexionar sobre estos temas, le aseguré a mi amigo con calor que el sentido común es solo una estúpida falta de imaginación y de flexibilidad mental.

Había empezado a oscurecer, pero a ninguno nos apetecía dejar la conversación. Manton no parecía impresionado por mis argumentos y deseaba rebatirlos con esa confianza en sus propias opiniones que tanto éxito le daba como profesor, mientras que yo me sentía seguro en mi terreno para temer una derrota. Cayó la noche, las luces brillaron débilmente en algunas de las ventanas lejanas y nosotros no nos movimos.

Nuestro asiento —un sepulcro— era cómodo y yo sabía que a mi pedestre amigo no le preocupaba la grieta cavernosa que se abría en la antigua mampostería, maltratada por las raíces, justo detrás de nosotros, ni la oscuridad del lugar que proyectaba la casa ruinosa y deshabitada del siglo XVII que se interponía entre nosotros y la calle iluminada. Sentados en las tinieblas, junto a la hendida tumba cerca de la casa deshabitada, charlábamos sobre lo «innombrable». Cuando mi amigo dejó de burlarse, le hablé de la terrible prueba que había tras el relato mío del que más se había burlado él.

El relato se titulaba *La ventana del ático* y se había publicado en el número de Whispers correspondiente a enero de 1922. En muchos lugares, principalmente en el sur y en la costa del Pacífico, retiraron la revista de los quioscos debido a las quejas de los estúpidos cobardicas. Sin embargo, en Nueva Inglaterra no causó emoción alguna y la gente se encogió de hombros ante mis extravagancias. Dijeron que era impensable que nadie se sobresaltase con aquel ser biológicamente imposible. Era solo un chisme más, una habladuría que Cotton Mather había hecho lo bastante creíble como para incluirla en su caótica Magnalia Christi Americana. Además, estaba tan mal verificada que ni se había atrevido a citar el nombre del lugar donde se había producido el horror.

En cuanto a la ampliación que yo hacía de la breve nota del viejo místico... ¡era del todo imposible y propia de un escritorzuelo frívolo y fantasioso! Mather había dicho que había nacido semejante ser, pero solo un sensacionalista de tres al cuarto podría pensar que se hubiese desarrollado, se asomase a las ventanas de las gentes por las noches y se ocultara en el ático de una casa, en cuerpo y alma, hasta que alguien lo descubrió siglos después en la ventana, pero no pudo describir qué le encaneció el cabello. Todo esto era una descarada mediocridad, cosa en la que insistía sin parar mi amigo Manton.

Entonces le hablé de lo que había descubierto en un viejo diario redactado entre 1706 y 1723, descubierto entre los papeles de la familia, a menos de una milla de donde estábamos sentados. Le hablé de eso y de la verdad irrebatible de las cicatrices que tenía mi antepasado en el pecho y la espalda, descritas por el diario. Le hablé también de los temores que abrigaban otros en la región, de lo que se murmuró durante generaciones, y de cómo se demostró que no era fingida la locura infantil tras entrar en 1793 en una casa abandonada para ver unas huellas que decían que había.

Fue sin duda un ser horrible... No me extraña que los estudiosos tiemblen al abordar la época puritana de Massachusetts. Se sabe poco de lo que ocurrió bajo la superficie, aunque a veces supura horrendamente con un burbujeo pútrido. El terror a la brujería es un fogonazo de lo que bullía en los cerebros de los hombres, pero hasta eso es una pequeñez. No había belleza ni libertad, como puede comprobarse en los restos arquitectónicos y domésticos, o bien en los sermones ponzoñosos de los rigurosos teólogos. Dentro de esa herrumbrosa camisa de fuerza, se ocultaban la atrocidad, la perversión y el satanismo balbuceando. Esta era la apoteosis real de lo innombrable.

Cotton Mather, en ese demoníaco sexto libro que nadie debe leer de noche, lanza sus anatemas sin rodeos. Severo como un profeta judío y lacónicamente imperturbable como nadie hasta entonces, habla de la bestia que alumbró a un ser superior a las bestias, aunque inferior al hombre, el ser del ojo manchado, y del pobre y vociferante beodo al que colgaron por tener un ojo igual. De todo esto habla, aunque no cuenta lo que pasó después. Tal vez no lo llegó a saber o puede que sí y no quiso contarlo. Hay quien sí se enteró, aunque no dijo nada.

Tampoco se dieron explicaciones públicas de por qué se hablaba con temor de la cerradura de la puerta que había al pie de la escalera de un ático donde vivía un viejo solitario, amargado y achacoso, que había osado levantar la losa de una sepultura anónima, sobre la cual, no obstante, existen leyendas capaces de helar la sangre a cualquiera.

Todo está en ese diario ancestral que encontré: las alusiones secretas e historias susurradas sobre seres con un ojo manchado que se asomaban a las ventanas por la noche o eran vistos por prados desiertos junto a los bosques. Mi antepasado vio a una criatura así en una carretera lóbrega que corría por un valle, que le dejó señales de cuernos en el pecho y de garras en la espalda. Cuando buscaron sus pisadas en el polvo, encontraron huellas mezcladas con pezuñas hendidas y zarpas vagamente antropoides. En cierta ocasión, un jinete del servicio postal contó que había visto a la luz de la luna, unas horas antes del alba, a un viejo corriendo y llamando a una criatura espantosa que caminaba a zancadas por Meadow Hill y muchos le creyeron.

También corrió una curiosa historia una noche de 1710, cuando el viejo solitario y decrépito fue enterrado en una cripta detrás de su propia casa, cerca de la losa de pizarra sin nombre. Nadie abrió la puerta de acceso a la escalera del ático, sino que dejaron la casa como estaba, terrorífica y desierta. Cuando se oían ruidos allí, la gente murmuraba y temblaba, confiando en que el cerrojo de la puerta del ático fuese bastante sólido. Más tarde, esta confianza quedó frustrada cuando el horror se presentó en la casa parroquial y no dejó un alma viva o entera. Con el paso de los años, las leyendas adoptan un carácter espectral, aunque me imagino que aquella criatura debió de morir, si es que estaba viva. Su recuerdo sigue siendo horrendo, tanto más por cuanto que ha sido secreto.

Durante esta narración, mi amigo Manton se había ido quedando callado. Noté que mis palabras lo habían impresionado. No se rio al callarme, sino que me preguntó muy serio sobre el niño que enloqueció en 1793 y que parecía el héroe de mi historia. Le dije que había ido a aquella casa encantada y desierta, seguramente por fisgar, ya que creía que las ventanas conservan la imagen de quienes habían estado sentados junto a ellas. El chico fue a examinar las ventanas de aquel horrible ático por las historias sobre los seres vistos detrás de ellas y regresó gritando como un loco.

Cuando acabé de hablar, Manton se quedó pensativo, pero poco a poco retomó su actitud analítica. Admitió que tal vez había existido un monstruo espantoso, pero me recordó que ni la más morbosa aberración de la naturaleza tiene por qué ser innombrable ni científicamente indescriptible. Admiré su claridad e insistencia, pero añadí nuevas revelaciones recogidas entre la gente de edad. Leyendas espectrales, le aclaré, relacionadas con monstruosas apariciones, más horrendas que cualquier entidad orgánica que pueda existir. Son apariciones de formas bestiales y colosales, unas veces visibles y otras solo palpables, que flotaban en las noches de luna nueva y rondaban la vieja casa, la cripta de detrás y el sepulcro junto a cuya losa había brotado un árbol.

Tanto si las apariciones habían matado o no personas a cornadas o ahogándolas, como decían algunas tradiciones no comprobadas, habían causado una tremenda impresión. Los más ancianos de la región aún les temían en secreto, aunque las generaciones más jóvenes casi las habían olvidado. Tal vez desapareciesen si se dejaba de pensar en ellas. Es más, en lo tocante a la estética, si las emanaciones psíquicas de las criaturas humanas consistían en distorsiones grotescas, ¿qué representación coherente podría expresar o reflejar una niebla gibosa e infame como el espectro de perversión maligna y caótica, esa maldición morbosa de la naturaleza? Modelado por el cerebro de una pesadilla híbrida, ¿no será ese horror nebuloso, con toda su nauseabunda verdad, lo intensa y escalofriantemente innombrable?

Se había hecho muy tarde. Un murciélago especialmente silencioso me rozó al pasar. Creo que a Manton también porque, aunque no podía verlo, noté que levantaba el brazo. Luego dijo:

—Pero ¿sigue en pie y deshabitada esa casa de la ventana del ático?

—Si —contesté—. Yo la he visto.

—¿Y encontraste algo en el ático o en algún otro lugar?

—Unos cuantos huesos bajo el alero. Tal vez eso fue lo que vio el niño. Si era muy sensible, no necesitó ver nada en el cristal de la ventana para perder el juicio. Si pertenecían a la misma criatura, debió ser una monstruosidad histérica y delirante. Habría sido impío dejar esos huesos en el mundo, de manera que los metí en un saco y los llevé a la tumba de detrás de la casa. Había una abertura por donde los pude arrojar al interior. No creas que fue una tontería por mi parte... Ojalá hubieses visto el cráneo. Tenía unos cuernos de unos diez centímetros, pero la cara y la mandíbula eran como la tuya o la mía.

Finalmente noté que Manton, ahora muy cerca de mí, experimentaba un escalofrío real. Pero su curiosidad no se dejó intimidar.

—¿Y los cristales de las ventanas?

—Habían desaparecido todos. Una de las ventanas había perdido el marco. En las demás no quedaba rastro de cristales en las aberturas romboidales. Eran esa clase de ventanas de celosía que se dejaron de usar antes de 1700. Creo que llevaban un siglo o más sin cristales. Puede que los rompiese el niño si llegó hasta allí. La leyenda no lo cuenta.

Manton se quedó pensativo de nuevo.

—Me gustaría ver la casa, Carter. ¿Dónde está? Tanto si tiene cristales como si no, me gustaría verla... y a la tumba donde pusiste los huesos y la sepultura sin inscripción... Todo eso debe de ser un tanto terrible.

—La has estado viendo... hasta que se ha hecho de noche.

Mi amigo se puso más nervioso de lo que yo esperaba. Ante este golpe de inocente teatralidad se apartó de mí neuróticamente y dejó escapar un grito, con una especie de atragantamiento que liberó su tensión contenida. Fue un grito singular, terrible porque fue contestado. Aún resonaba cuando oí un crujido en la tenebrosa oscuridad y comprendí que se abría una ventana de celosía en aquella vieja casa maldita que teníamos cerca. Como todos los demás marcos de ventana habían desaparecido hacía tiempo, supe que se trataba del marco espantoso de aquella ventana demoníaca del ático.

Luego nos llegó una ráfaga de aire fétido y glacial proveniente de la misma espantosa dirección, seguida de un alarido penetrante que brotó junto a mí, de aquella tumba agrietada de hombre y monstruo. Segundos después me derribó del horrible banco donde estaba sentado el empellón infernal de una entidad invisible gigantesca, aunque de naturaleza imprecisa. Caí todo lo largo era en el moho surcado de raíces de ese horrible cementerio mientras de la tumba surgía un rugido jadeante y un aleteo, mientras mi fantasía los utilizaba para poblar la oscuridad con legiones de criaturas como los deformes condenados de Milton. Se formó un remolino de viento helado y devastador, luego se produjo un tableteo de ladrillos y cascotes sueltos. Pero tuve la suerte de desmayarme antes de comprender lo que ocurría.

Manton, aunque más bajo que yo, resiste más. Abrimos los ojos casi al mismo tiempo, pese a que sus heridas eran más graves. Nuestras camas estaban juntas. Enseguida nos enteramos de que estábamos en el hospital de St. Mary. Las enfermeras se habían reunido a nuestro alrededor, en tensa curiosidad, ansiosas por ayudarnos a recordar, contándonos cómo habíamos llegado allí. Pronto supimos que un granjero nos había encontrado a mediodía en un campo solitario al otro lado de Meadow Hill, a una milla del viejo cementerio, en un lugar donde cuentan que antaño hubo un matadero.

Manton tenía dos heridas graves en el pecho y algunos cortes o arañazos leves en la espalda. Yo no estaba malherido, pero tenía el cuerpo cubierto de moratones y contusiones de lo más raro y hasta una huella de pezuña hendida. Sin lugar a duda, Manton sabía más que yo, pero no dijo nada a los perplejos e interesados médicos hasta que le explicaron la índole de nuestras heridas. Dijo que habíamos sido víctimas de un toro resabiado, pero fue difícil explicar e identificar al animal.

Cuando las enfermeras y los médicos nos dejaron, le susurré, sobrecogido:

—¡Dios mío, Manton! ¿Qué ha pasado? Esas señales… ¿Ha sido eso?

Pero yo estaba demasiado perplejo para alegrarme cuando me contestó en voz baja algo que yo me esperaba a medias:

—No, no ha sido eso ni mucho menos. Estaba en todas partes… Era una gelatina…, un limo…, pero tenía formas, mil formas espantosas que no se pueden recordar. Tenía ojos…, uno de ellos manchado. Era el abismo, el *maelstrom*, la abominación final. Carter, ¡era lo innombrable!

A QUIEN PUEDA LLEGARLE ESTE ESCRITO

Edward Bellamy

Ha pasado aproximadamente un año desde que tomé un pasaje en Calcuta en el barco *Adelaide* rumbo a Nueva York. Tuvimos un tiempo espléndido hasta que avistamos la isla de Nueva Ámsterdam,[14] donde tomamos un nuevo rumbo. Tres días después, nos azotó un terrible vendaval. Durante cuatro días volamos adonde nadie sabía, pues no se veían el sol, la luna o las estrellas, así que no pudimos hacer ninguna observación. Hacia la medianoche del cuarto día, el resplandor de un relámpago reveló que el *Adelaide* se hallaba en una situación desesperada, cerca de una costa llena de escollos, dirigiéndose directamente hacia allí. Todo alrededor, a proa, a popa y mar adentro, era tal laberinto de rocas y bajíos arenosos que era un milagro que hubiésemos llegado tan lejos. En aquel momento el barco se estrelló y se hizo trizas de inmediato, pues la violencia del mar era formidable. Me di por muerto. De hecho, estaba a punto de ahogarme cuando recobré la conciencia al ser arrojado con un fuerte impacto a la playa. Reuní suficientes fuerzas como para arrastrarme más allá del alcance de las olas antes de caer y desmayarme.

Cuando desperté, la tormenta había amainado. El sol, en lo alto del cielo, había secado mi ropa y desentumecido mis miembros magullados y doloridos. No divisé en el mar ni en la costa vestigio alguno de mi barco ni de mis compañeros, de

[14] Isla situada en el océano Índico, más conocida por isla de Ámsterdam. Fue descubierta por Juan Sebastián Elcano y actualmente pertenece a Francia.

manera que parecía ser el único superviviente. Sin embargo, no estaba solo. Un grupo de personas, al parecer lugareños, estaba cerca, observándome con ojos amistosos, lo cual me alivió de la aprensión por el trato que podrían dispensarme. Se trataba de gentes blancas y apuestas, sin lugar a duda muy civilizadas, si bien no reconocí en ellas los rasgos de ninguna raza con la que estuviese familiarizado.

Al ver que su idea de la etiqueta era dejar que los extraños iniciasen la conversación, me dirigí a ellos en inglés. Sin embargo, no obtuve ninguna respuesta más allá de unas sonrisas desdeñosas. Luego los abordé sucesivamente en las lenguas francesa, alemana, italiana, española, neerlandesa y portuguesa, pero sin mejores resultados. Empecé a sentirme desconcertado sobre cuál podría ser la nacionalidad de una raza blanca y a todas luces civilizada para la cual eran ininteligibles las lenguas de las grandes naciones marineras. Lo más raro fue el silencio inquebrantable con el que contemplaron mis esfuerzos por entablar comunicación con ellos. Era como si estuviesen de acuerdo en no darme una pista sobre su idioma ni siquiera con un susurro, ya que mientras se miraban entre sí con una inteligencia sonriente, no despegaron ni una sola vez los labios. Ahora bien, si esta conducta sugería que estaban divirtiéndose a mi costa, esa presunción fue contrarrestada por la inconfundible amabilidad y simpatía que expresaban todos sus actos.

Se me ocurrió una hipótesis extraordinaria. ¿Tal vez estas personas extrañas fuesen idiotas? En realidad, nunca se había oído hablar de un fenómeno de la naturaleza como una raza entera afectada por una enfermedad, pero ¿quién podría decir qué maravillas podría haber ocultado hasta ahora la gran extensión inexplorada del gran océano austral a la comprensión humana? Ahora bien, entre los fragmentos de información inútil que almacenaba mi mente estaba el conocimiento del lenguaje para sordomudos, así que comencé inmediatamente a deletrear con los dedos algunas frases que había pronunciado con tan escasos resultados. Mi recurso al lenguaje de señas superó la poca gravedad que quedaba en el grupo, el cual sonreía profusamente. Los niños pequeños se revolcaban por el suelo entre convulsiones de júbilo, mientras que los solemnes y reverendos ancianos, que hasta entonces los habían mantenido controlados, estaban dispuestos a apartar momentáneamente el rostro y pude ver sus cuerpos sacudidos por la risa. El mayor payaso del mundo jamás había recibido un tributo más halagüeño a su capacidad para divertir que la mía para hacerme entender. No obstante y como es natural, no me sentí halagado, sino desconcertado. No podía estar enfadado, ya que la manera desdeñosa en que todos, excepto los niños, se abandonaban a su percepción de lo ridículo y la angustia que mostraban por su falta de autocontrol hacía que yo pareciese el agresor. Era como si me tuviesen lástima y estuvieran dispuestos a ponerse a mi servicio siempre que me abstuviese de reducirlos a un estado de invalidez siendo tan exquisitamente absurdo. Sin duda, esta raza evidentemente amable tenía una forma muy embarazosa de recibir a los forasteros.

Entonces, cuando mi desconcierto estaba al borde de la desesperación, me llegó el alivio. El corro se separó y un hombrecito anciano, que había venido corriendo, se enfrentó a mí y, tras hacer una reverencia muy cortés, me habló en inglés. Su voz era el fracaso más lamentable de una voz que jamás hubiese oído. Reunía todos los defectos de articulación de un niño que comienza a hablar, pero sin siquiera el tono fuerte de un niño. De hecho, era una simple alternancia de chillidos y susurros inaudibles a un metro de distancia. Aun así, y con cierta dificultad, pude seguirlo.

—Como intérprete oficial —anunció—, te doy la cordial bienvenida a estas islas. Me llamaron en cuanto te descubrieron, pero no he podido llegar hasta ahora porque estaba a cierta distancia. Lo siento, pues mi presencia te habría ahorrado la vergüenza. Mis compatriotas me ruegan que disculpes su júbilo totalmente involuntario e incontrolable provocado por tus intentos de comunicarte con ellos. En realidad te entendieron sin problema, pero no han podido responderte.

—¡Cielos! —exclamé, horrorizado al ver que mi hipótesis era la correcta—. ¿Es posible que todos padezcan el mismo defecto? ¿Es posible que sea usted el único de su gente con capacidad de hablar?

Una vez más pareció que, sin querer, había dicho algo muy divertido, ya que tras mi discurso se produjo una suave risa que fue aumentado hasta ahogar el batir de las olas en la playa a nuestros pies. Incluso el intérprete sonrió.

—¿Les parece tan divertido ser idiotas? —pregunté.

—Les parece muy divertido —replicó el intérprete— que su incapacidad para hablar sea considerada una enfermedad, ya que es el desuso voluntario de los órganos fonadores los que les ha hecho perder la capacidad de hablar y, por lo tanto, la capacidad incluso de comprender el lenguaje.

—Pero ¿no me acaba de decir que me han entendido, aunque no hayan podido contestar y que ahora no se están riendo de lo que acabo de decir? —dije, desconcertado por esta afirmación.

—Te entendieron a ti, no tus palabras —repuso el intérprete—. Nuestro lenguaje ahora es un galimatías para ellos, tan ininteligible en sí como el gruñido de los animales. Sin embargo, saben lo que decimos porque conocen nuestros pensamientos. Debes saber que estas islas son las de los lectores de mentes.

Esa fueron las circunstancias de mi presentación a este curioso pueblo. Al ser el intérprete oficial el encargado, en virtud de su posición, de atender a los náufragos de las naciones parlantes, me convertí en su invitado y pasé varios días bajo su techo antes de mezclarme con la gente. Mi primera impresión había sido un tanto agobiante, pues creía que la capacidad de leer los pensamientos ajenos solo podía corresponder a seres de un orden superior al hombre. El primer esfuerzo del intérprete se dirigió a desengañarme de esta noción. De su relato se deducía que la experiencia de los lectores de mentes era simplemente un caso de ligera aceleración, por causas especiales, de la evolución humana universal, que con el tiempo estaba destinada a terminar con el desuso de la palabra y a sustituir el lenguaje por visión mental directa por parte de todas las razas. Esta rápida evolución de estos isleños se explicaba por su curioso origen y circunstancias.

Unos tres siglos antes de Cristo, uno de los reyes partos de Persia, de la dinastía de los Arsácidas, emprendió una persecución de los adivinos y magos en sus reinos. El prejuicio popular les atribuía poderes sobrenaturales, pero en realidad eran solo personas con dotes especiales gracias a la forma de hipnotizar, leer la mente, transferir pensamientos y artes similares, que ejercían en su propio beneficio.

Atemorizado por los adivinos como para enfrentarse a ellos, el rey decidió desterrarlos, de manera que los puso con sus familias en barcos y los envió a Ceilán. Sin embargo, estando la flota cerca de la isla, una gran tormenta la dispersó y uno de los barcos, tras haber sido zarandeado durante muchos días por la tempestad, naufragó en un archipiélago de islas deshabitadas muy al sur, donde se asentaron los supervivientes. Como es natural, la descendencia de los padres poseedores de aquellos peculiares dones había desarrollado unos extraordinarios poderes psíquicos.

Habiéndoles sido impuesto como objetivo la evolución de un nuevo y avanzado orden de humanidad, habían contribuido al desarrollo de estas capacidades mediante un rígido sistema evolutivo. El resultado fue que, tras unos siglos, leer la mente se volvió algo tan generalizado que el lenguaje cayó en desuso como medio para transmitir ideas. Durante varias generaciones, la capacidad de hablar siguió siendo voluntaria, pero poco a poco los órganos fonadores fueron atrofiándose y tras varios cientos de años el habla se perdió por completo. No obstante, los bebés aún emitían llantos inarticulados durante unos meses después del nacimiento, pero a una edad en que estos llantos se articulaban en las razas menos avanzadas, los hijos de los lectores de mentes desarrollaban la capacidad de la visión directa y dejaban de usar la voz.

El hecho de que el resto del mundo nunca haya descubierto la existencia de los lectores de mentes se explica por dos razones. En primer lugar, el grupo de islas era pequeño y ocupaba un rincón del océano Índico fuera de las rutas ordinarias de los navíos. En segundo lugar, el acercamiento a las islas era peligroso debido a las terribles corrientes y al laberinto de rocas y bajíos que la rodeaban, así que era casi imposible que ningún barco tocase sus costas salvo en caso de naufragio. Ningún barco lo había logrado en los dos mil años transcurridos desde la llegada de los lectores de mentes, habiendo hecho el *Adelaide* el naufragio ciento veintitrés.

Aparte de por humanidad, los lectores de mentes hicieron esfuerzos para rescatar a los náufragos, ya que solo podían obtener información del mundo exterior de ellos a través de los intérpretes. De poco servía esto cuando, como sucedía a menudo, el único superviviente del naufragio era un marinero ignorante sin más noticias que comunicar que las últimas variedades de blasfemia de proa. Mis anfitriones me aseguraron con gratitud que, pese a ser una persona de escasa educación, me consideraban un verdadero regalo del cielo. Mi tarea consistía, pues, en relatarles la historia del mundo durante los dos últimos siglos y a menudo deseaba haberla estudiado con más rigor en beneficio de estas gentes.

El oficio de intérpretes solo existe para comunicarse con náufragos de naciones parlantes. Cuando, como sucede a veces, un niño nace con la capacidad de articulación, lo apartaban y le enseñaban a hablar en el colegio de intérpretes. Por supuesto, la atrofia parcial de los órganos vocales, que sufren incluso los mejores intérpretes, hace que muchos de los sonidos del lenguaje sean imposibles para ellos. Ninguno, por ejemplo, puede pronunciar la v, la f o la s. En cuanto al sonido representado por th,[15] hace cinco generaciones que vivió el último intérprete que pudo pronunciarlo. Si no fuese por el matrimonio ocasional de náufragos con extraños de las islas, probablemente el suministro de intérpretes habría fracasado mucho antes de que esto sucediese.

Supongo que las sensaciones desagradables que siguieron al ver que estaba entre personas que, aunque inescrutables para mí, conocían mis pensamientos, fueron muy parecidas a las que cualquiera habría experimentado en mi situación. Eran comparables al pánico que causa la desnudez accidental en una persona entre razas cuya costumbre es ocultar la figura con ropas. Quería huir y esconderme. Analicé mi sentimiento, pero no parecía nacer de la conciencia de tener algún secreto particularmente atroz, sino del conocimiento de un enjambre de pensamientos e ideas medio fatuos, malvados e indecorosos sobre quienes me rodeaban y sobre los demás y yo mismo. Me era insoportable que alguien pudiese leer con un espíritu benévolo. Aunque mi disgusto y angustia por este motivo fueron al principio intensos, también duraron poco, pues casi enseguida descubrí que podía controlar los pensamientos que podrían ser dolorosos para ellos, igual que una persona bondadosa se guarda los comentarios desagradables. Igual que unas lecciones sobre los elementos de la cortesía

[15] Se refiere al sonido representado por la θ en el alfabeto fonético internacional. Corresponde al sonido de la palabra *thousand* en inglés o a la z en el español hablado en el norte de España.

curan a una persona decente de hablar sin educación, una breve experiencia entre los lectores de mentes me sirvió para refrenar los pensamientos desconsiderados. Sin embargo, no debe suponerse que la cortesía entre los lectores de mentes les impida pensar deliberada y libremente en relación con los demás en ocasiones serias, igual que la mejor cortesía entre las razas parlantes no les impide hablar entre ellos con franqueza cuando conviene hacerlo. De hecho, entre los lectores de mentes, la cortesía nunca puede llegar al punto de la insinceridad, como ocurre entre las naciones que hablan, pues siempre leen el pensamiento real y más íntimo de los demás. Puedo mencionar aquí, aunque hasta más tarde no entendí completamente por qué debe ser así, que uno debe sentirse mucho menos disgustado por la revelación completa de sus debilidades a un lector de mentes que por la más mínima traición de estas a un lector de mentes de otra raza. Por la misma razón que el lector de mentes lee todos sus pensamientos, los pensamientos particulares se juzgan con referencia al tenor general del pensamiento. El estado de ánimo característico y habitual es lo que tienen en cuenta. Nadie debe temer ser mal juzgado por un lector de mentes debido a sentimientos o emociones que no representan el carácter real o la actitud general. De hecho, se puede decir que la justicia es una consecuencia necesaria de la lectura de la mente.

En cuanto al intérprete, el instinto de cortesía fue innecesario durante mucho tiempo para controlar los pensamientos lascivos u ofensivos. En mi vida anterior había tardado mucho en entablar amistades, pero antes de tres días en compañía de aquel desconocido de una raza extraña, ya me había abierto con entusiasmo ante él. Era imposible no hacerlo. El disfrute peculiar de la amistad es la sensación de ser comprendidos por un amigo como no lo somos por los demás y, no obstante, de ser amados pese a la comprensión. Ahora había alguien cuyas palabras atestiguaban un conocimiento de mis pensamientos y motivos secretos que el más antiguo y cercano de mis antiguos amigos nunca había llegado a tener y que nunca podría tener. Si ese conocimiento hubiese engendrado en él su desprecio hacia mí, no lo habría culpado ni me habría sorprendido. Júzguese así si la cordial simpatía que mostró me habría dejado indiferente.

Imaginen mi incredulidad cuando me dijo que nuestra amistad se basaba solo en la idoneidad mutua ordinaria de temperamentos. La facultad de leer la mente —me explicó— acercaba las mentes y aumentaba la simpatía tanto que el orden más bajo de amistad entre los lectores de mentes conllevaba un deleite mutuo que solo unos pocos amigos disfrutaban entre otras razas. Me aseguró que más tarde, cuando llegase a conocer a otros de su raza, descubriría lo cierto que era esto por la mayor intensidad de simpatía y afecto que albergaría por algunos de ellos.

Cabe preguntarse cómo, al comenzar a relacionarme con los lectores de mentes en general, logré comunicarme con ellos, pues, aunque ellos podían leer mis pensamientos, no podían, como el intérprete, responder hablando. Debo explicar aquí que, aunque estas personas no usen un idioma hablado, es necesario un idioma escrito con fines de registro. Así pues, todos saben escribir. Entonces, ¿escriben en persa? Por suerte para mí, no. Parece ser que, durante mucho después de que se desarrollase por completo la lectura de la mente, no solo se dejó de usar el lenguaje hablado, sino también el escrito, de manera que no se mantuvo ningún registro durante este período. El gozo de la gente por el poder recién descubierto de la visión directa de la mente ajena, mediante la cual se comunicaban imágenes del estado mental total, en vez de las descripciones imperfectas de pensamientos individuales que podían dar en el mejor de los casos las palabras, produjo un disgusto invencible por la impotencia del lenguaje hablado para expresarse.

Sin embargo, cuando se hubo calmado un poco tras varias generaciones la primera ebriedad intelectual, se reconoció que los registros del pasado eran deseables y que el menospreciado medio de las palabras era necesario para preservarlos. Entretanto, el persa había sido olvidado por completo. Para evitar la prodigiosa tarea de inventar un idioma nuevo, se puso en marcha la institución de los intérpretes, con la idea de adquirir a través de ellos el conocimiento de algunas de las lenguas del mundo exterior de los marineros que naufragaban en las islas.

Como la mayoría de los náufragos eran ingleses, se adquirió un mayor conocimiento de esa lengua que de cualquier otra y se adoptó como lengua escrita del pueblo. Por regla, mis conocidos escribían lenta y laboriosamente y, empero, que supiesen exactamente lo que había en mi mente hacía que sus respuestas fuesen tan acertadas que, en mis conversaciones con el deletreo más lento de todos, el intercambio de pensamientos era rápido e incomparablemente más preciso y satisfactorio de lo que logran los hablantes más rápidos.

Poco después comencé a extender mi conocimiento entre los lectores de mentes antes de descubrir lo que el intérprete me había dicho: que encontraría a otros con quienes, debido a una mayor simpatía natural, tendría un apego más fuerte que con él. Sin embargo, esto no fue porque a él lo apreciase menos, sino a ellos más. Me gustaría escribir sobre algunos de estos queridos amigos, camaradas de mi corazón, de quienes aprendí por primera vez las posibilidades jamás soñadas de la amistad humana, y lo deslumbrantes que pueden ser las satisfacciones de la simpatía. ¿Quién, entre los que pueden leer esto, no ha conocido esa sensación de un abismo entre el alma y el alma que se burla del amor? ¡Quién no ha sentido esa soledad que oprime el corazón de quien más lo ama! No crean que este abismo es eterno o que es una necesidad de la naturaleza humana. No existe para la raza que describo y por ello podemos estar seguros de que eventualmente será un puente también para nosotros. El contacto de sus mentes y su sensación de simpatía es como el roce de un hombro con otro o como el apretón de manos.

Digo que me gustaría hablar más de algunos de mis amigos, pero mis fuerzas menguantes no me lo permiten y, además, ahora que lo pienso, cualquier comparación de sus caracteres resultaría más confusa que instructiva para el lector. Por eso los lectores de mentes no tenían nombres. Todos recibían un signo arbitrario para ser designados en los registros, pero sin valor sonoro. Se lleva un registro de estos nombres, de manera que puedan conocerse en cualquier momento, pero es muy habitual encontrar personas que han olvidado los nombres que se utilizan solo con fines biográficos y oficiales. Los nombres son superfluos para las relaciones sociales, pues estas personas se abordan entre sí solo por medio de un acto mental de atención, y se refieren a terceros transmitiendo sus imágenes mentales como harían los tontos mediante fotografías. Es algo así, ya que en las imágenes de las personalidades de los demás que conciben los lectores de mentes, el aspecto físico es un elemento subordinado, como solo cabría esperar de quienes contemplan directamente las mentes y los corazones de los demás.

Ya he hablado de mi timidez inicial al saber que mi mente era un libro abierto para todos los que me rodeaban. He contado cómo desapareció cuando descubrí que la propia integridad de la revelación de mis pensamientos y motivos era una garantía de que sería juzgado con una justicia y una simpatía que ni siquiera el juicio de uno mismo puede pretender, pues se ve afectado por muchas reacciones sutiles. La seguridad de ser juzgado así por todos podría parecer un privilegio inestimable para alguien acostumbrado a un mundo en el que ni siquiera el amor más tierno implica comprensión. No obstante, pronto descubrí que la apertura mental tenía un beneficio aún mayor. ¿Cómo describiría la deliciosa euforia de la salud moral y la higiene, la condición mental bien ventilada que produjo la conciencia de que no tenía nada oculto? Bien puedo decir que disfruté. Creo que sin duda nadie necesita haber tenido mi maravillosa experiencia para simpatizar con esta parte de ella. ¿No estamos todos de acuerdo en que lo más desmoralizador de la condición humana es tener una habitación con cortinas donde podemos arrastrarnos, fuera de la vista de nuestros semejantes, preocupados solo por un vago temor de que Dios pueda mirar por encima de todo? La existencia dentro del alma de este refugio a salvo de mentiras siempre ha sido la desesperación del santo y el júbilo del bribón. Es el sótano sucio lo que mancha toda la casa de arriba, aunque esta sea la más hermosa.

¿Qué mejor testimonio podría haber de la conciencia instintiva que el ocultamiento es libertinaje y la apertura nuestra única cura y que el primer paso hacia la salud moral es la máxima exposición de lo peor y más sucio de uno? Si el hombre más perverso pudiese llegar a retorcerse de adentro hacia fuera en cuanto a su alma, de modo que se pudiese ver toda su enfermedad, se sentiría dispuesto a una nueva vida. Sin embargo, dada la impotencia de las palabras para transmitir las condiciones mentales en su totalidad, o para dar otras distorsiones de estas, la confesión es, admitámoslo, una burla de ese anhelo de autorrevelación del cual da testimonio. ¡Pero qué salud y solidez debe haber para las almas entre un pueblo que ve en cada rostro una conciencia que, a diferencia de la suya, no puede sofisticar, que se confiesa con una mirada y se encoge con una sonrisa! Ay, amigos, permítanme ahora predecir, aunque pueden pasar siglos antes de que los hechos me justifiquen, que de ninguna manera la visión mutua de las mentes, cuando por fin se perfeccione, realzará tanto la bienaventuranza de la humanidad como cuando se desgarra la velo del yo, sin dejar mancha de oscuridad en la mente para que se oculten las mentiras. Entonces el alma ya no será un carbón humeante entre cenizas, sino una estrella en una esfera de cristal.

He dicho que el placer de la amistad entre los lectores de mentes se deriva de la perfección de la relación mental, de manera que puede suponerse lo embriagadora que debe ser la experiencia cuando uno de los amigos es una mujer, y las sutiles atracciones y correspondencias del sexo tocan con pasión la simpatía intelectual. Tras mi primera incursión en la sociedad comencé a enamorarme de las mujeres que me rodeaban para diversión de ellas. Con la franqueza que es la condición de las relaciones entre este pueblo, estas adorables mujeres me dijeron que yo sentía solo amistad, lo cual era muy bueno, pero totalmente diferente al amor, como bien sabría si fuese amado. Era difícil creer que las emociones que había experimentado en su compañía fuesen solo el resultado de la actitud amistosa y bondadosa de sus mentes hacia la mía. Sin embargo, cuando descubrí que todas las mujeres amables que conocía me afectaban del mismo modo, tuve que tomar la decisión de que debían tener razón y que debía adaptarme a un mundo en el que, siendo la amistad una pasión, el amor debe ser como poco un éxtasis.

Supongo que el proverbio «Cada oveja con su pareja» significa que para todos los hombres hay mujeres expresamente adaptadas por su constitución mental y moral, así como por su constitución física. Es un pensamiento doloroso, más que alentador, que esto pueda ser la verdad, de manera que las posibilidades en conjunto predominan frente a la capacidad de estos elegidos para reconocerse aun si se encuentran, viendo que el habla es tan inadecuada y engañosa como un medio de autorrevelación. Pero entre los lectores de mentes, la búsqueda de la pareja ideal es una búsqueda que razonablemente será coronada por el éxito, así que nadie sueña con casarse porque hacerlo, creen, sería desechar la más selecta bendición de la vida, no solo perjudicándose a sí mismos y a sus supuestos compañeros, sino también a aquellos con quienes ellos mismos y esos compañeros no descubiertos podrían casarse. Por eso, van de isla en isla como peregrinos hasta encontrarse y, como la población del archipiélago es pequeña, la peregrinación no suele ser larga.

Cuando la conocí por primera vez estábamos acompañados y me llamó la atención el repentino movimiento, las miradas y el interés sonriente con que todos se volvían y nos miraban con los ojos humedecidos. Habían leído su pensamiento cuando me vio, pero no supe aquello ni cuál era la costumbre en estos temas hasta después. Sí supe, desde que me miró por primera vez y sentí su mente cavilando sobre la mía, que tenían razón las mujeres que me habían dicho que yo no sentía amor por ellas.

Con personas que se conocen de un vistazo y se hacen viejos amigos en una hora, el cortejo no es un proceso largo. De hecho, puede decirse que entre los amantes de los lectores de mentes no hay cortejo, sino simplemente reconocimiento. El día después de conocernos, ella fue mía.

Tal vez no pueda ilustrar mejor lo subordinado que está el elemento meramente físico en la impresión que se forman los lectores de mentes de sus amigos que mencionar un suceso que ocurrió unos meses después de nuestra unión. Fue mi descubrimiento totalmente accidental de que mi amor, con quien había estado casi constantemente, no tenía ni idea de cuál era el color de mis ojos, o si mi cabello y mi tez eran claros u oscuros. Como es natural, en cuanto le formulé la pregunta, leyó la respuesta en mi mente, pero admitió que antes no había tenido una impresión clara sobre esos puntos. Por otra parte, si en la medianoche más oscura me acercase a ella, no tendría que preguntar quién estaba en el rincón. Es por la mente, no por el ojo, como estas personas se conocen entre sí. En realidad, solo necesitan los ojos en sus relaciones con cosas sin alma e inanimadas.

No debe suponerse que su desdén por el aspecto físico del otro nace de cualquier sentimiento ascético. Es solo una consecuencia necesaria de su poder de aprehender directamente la mente, pues siempre que la mente está estrechamente asociada con la materia, esta última es comparativamente descuidada por el mayor interés de la primera, sufriendo las cosas menores cuando se contrastan con las mayores. El arte para ellos se limita a lo inanimado, dejando la forma humana, por la razón citada, de inspirar al artista. Se deducirá natural y correctamente que entre una raza así, la belleza física no es el factor importante en la fortuna y la felicidad humanas como lo es en otros lugares. La absoluta apertura de sus mentes y corazones entre sí hace que su felicidad dependa mucho más de las cualidades morales y mentales de sus compañeros que de sus rasgos físicos. Un humor genial, un intelecto divino y amplio, un alma de poeta son incomparablemente más fascinantes para ellos que la combinación más deslumbrante concebible de atractivos corporales.

Una mujer de mente y corazón no necesita más belleza para ganarse el amor en estas islas que una belleza de la mente o el corazón de la otra parte. Quizá deba decir aquí que esta raza, que da tan poca importancia a la belleza física, es en sí misma singularmente hermosa. Esto se debe en parte a la absoluta compatibilidad de temperamentos en todos los matrimonios y también a la reacción sobre el cuerpo de un estado de placidez y salud mental y moral ideales.

No siendo yo mismo un lector de mentes, el hecho de que mi amor rara vez fuese hermoso en forma y rostro sin duda tuvo un papel importante en atraer mi pasión. Como es natural, esto lo sabía ella, pues conocía todos mis pensamientos y, al conocer mis limitaciones, toleraba y perdonaba el elemento de sensualidad de mi pasión. Pero sí debió parecerle poco digno en comparación con la alta comunión espiritual que su raza conoce como amor. Sin embargo, para mí se convirtió, en virtud de su relación casi sobrehumana conmigo, en un éxtasis más deslumbrante sin duda que el que hubiese probado cualquier amante de mi raza. El dolor más lacerante en el corazón amante es la impotencia de las palabras para hacer entenderse perfectamente. Pero mi pasión no tenía esta punzada, pues mi corazón estaba absolutamente abierto a la que amaba. Los amantes pueden imaginar, pero no puedo describir la emoción extática de la comunión en la que esta conciencia transformó cada tierna emoción. Al considerar lo que debe ser el amor mutuo cuando ambas partes leen la mente, vi la gran comunión que mi dulce compañera había sacrificado por mí.

De hecho, podía comprender a su amante y su amor por ella, pero la mayor satisfacción era saber que él la comprendía a ella y también su amor. Y es que el hecho de que alguna vez pudiese tener la capacidad de leer la mente estaba fuera de cuestión, ya que esta facultad nunca se había desarrollado en una sola vida.

No pude comprender por qué mi incapacidad debería llevar a mi querida compañera a semejante estado de lástima hasta que aprendí que la lectura de la mente se considera principalmente deseable, pero no por el conocimiento de los demás que les da a sus poseedores, sino por el autoconocimiento, que es su efecto reflejo. De todo lo que ven en la mente de los demás, lo que más les preocupa es el reflejo de sí mismos, las fotografías de sus propios personajes. La consecuencia más obvia del autoconocimiento que se les impone así es que los hace igualmente incapaces de engreimiento o desprecio por sí mismos. Todo el mundo debe pensar siempre de uno mismo como es, cosa tan difícil como albergar ilusiones sobre el aspecto personal para un hombre que esté en un salón de espejos.

Pero el autoconocimiento significa para los lectores de mentes mucho más. Es un cambio del sentido de identidad. Cuando un hombre se ve a sí mismo en un espejo, debe distinguir entre el yo corporal que ve y su yo real, que está dentro y no se ve. Cuando el lector de mentes ve el yo mental y moral reflejado en otras mentes como en espejos, sucede lo mismo. Debe distinguir entre ese yo mental y moral que se le ha hecho objetivo, que puede contemplar con tanta imparcialidad como si fuese el de otro, del yo interior que permanece subjetivo, invisible e indefinible. En este ego interior, los lectores de mentes reconocen la identidad y el ser esenciales, el yo nouménico, el núcleo del alma y el verdadero ocultamiento de su vida eterna, para lo cual la mente y el cuerpo son solo la prenda de un día.

El efecto de una filosofía como esta, que para los lectores de mentes es más una conciencia instintiva que una filosofía, obviamente debe ser impartir un sentido de maravillosa superioridad a las vicisitudes de este estado terreno, y una serenidad singular en medio de los sucesos y contratiempos que amenazan o le acaecen a la personalidad. Lo cierto es que ellos me parecieron señores de sí mismos como jamás soñé que los hombres pudiesen llegar a ser.

Mi amor se compadeció de mí porque quizá no esperaba obtener esta emancipación del ego falso del yo aparente, sin el cual la vida le parecía a su raza apenas digna de ser vivida.

Pero debo darme prisa, aunque me deje cosas en el tintero, y relatar la lamentable catástrofe a la que se debe que, en lugar de ser aún un habitante de esas benditas islas y gozar esa íntima y deslumbrante compañía que atenuaría los placeres de todas las demás sociedades humanas, evoque la imagen brillante como si fuese un recuerdo bajo otros cielos.

En un pueblo que se ve obligado por la propia constitución de sus mentes a ponerse en el lugar de los demás, la simpatía que es una consecuencia inevitable de la perfecta comprensión hace que sean imposibles la envidia, el odio y la falta de caridad. Pero, por supuesto, hay personas constituidas menos afablemente que otras y estas son objeto de cierto disgusto por parte de los asociados. Ahora bien, debido al impacto directo de unas mentes sobre otras, la angustia de las personas consideradas así, pese a la más tierna consideración de quienes las rodean, es tan grande que piden la gracia del exilio para que, estando fuera del camino, la gente pueda pensar menos a menudo en ellos. Hay muchos islotes, poco más que rocas, al norte del archipiélago, donde se permite vivir a los infortunados. Solo vive uno en cada islote, ya que no pueden aguantarse unos a otros tan bien como los más felizmente constituidos. De vez en cuando les llevan víveres y, por supuesto, si desean arriesgarse, les permiten retornar a la sociedad.

Ahora bien, como he dicho, más que su situación apartada, las islas de los lectores de mentes son inaccesibles por la violencia con la que la gran corriente antártica fluye a través y alrededor del archipiélago, probablemente debido a alguna configuración del lecho oceánico, junto con las innumerables rocas y bajíos de arena.

Los barcos que llegan allí desde el sur quedan atrapados por esta corriente y son arrastrados a los escollos hasta su destrucción casi segura; mientras que, debido a la violencia con que la corriente fluye hacia el norte, es imposible acercarse desde esa dirección o al menos nunca se ha logrado. De hecho, las corrientes son tan fuertes que incluso los barcos que cruzan los estrechos entre las islas principales y los islotes de los infortunados para llevarles sus víveres son movidos por cables, pues no se confía en el remo o la vela.

El hermano de mi amada tenía a cargo una de las lanchas que se dedicaban a este menester y, deseoso de visitar los islotes, acepté una invitación para acompañarlo en uno de sus viajes. No sé cómo sucedió el accidente, pero en la parte más difícil de la corriente de uno de los estrechos nos separamos del cable y fuimos arrastrados mar adentro. No podíamos detener la corriente, pues nuestros esfuerzos apenas si bastaban para esquivar las rocas. Desde el principio, no hubo esperanza de que volviésemos a la tierra, y nos dejamos llevar tan rápidamente que al mediodía —el accidente sucedió por la mañana— las islas, que son bajas, habían desaparecido bajo el horizonte suroeste.

Entre estos lectores de mentes, la distancia no es un obstáculo insuperable para transmitir el pensamiento. Mi compañero estaba en comunicación con nuestros amigos y a ratos me transmitía mensajes de angustia de mi amor; pues, siendo conscientes de la naturaleza de las corrientes y de la inaccesibilidad de las islas, los que habíamos dejado atrás y nosotros mismos sabíamos que no volveríamos a vernos. Durante cinco días continuamos a la deriva hacia el noroeste, sin peligro de morir de inanición gracias a nuestro cargamento de provisiones, aunque estábamos obligados a vigilar sin cesar las inclemencias del tiempo. Al quinto día, mi compañero murió por insolación y agotamiento. Murió en silencio, de hecho, aparentando alivio. La vida de los lectores de mentes mientras están en el cuerpo es tan espiritual en su mayor parte que la idea de una existencia así, que nos parece vaga y fría, les sugiere un estado solo algo más refinado de lo que ya conocen en la tierra.

Después de eso, supongo que debí caer en un estado de inconsciencia del que desperté en un barco estadounidense con rumbo a Nueva York, rodeado de personas cuyo único medio de comunicarse entre sí es mantener mientras están juntos un constante estruendo de ruidos sibilantes, guturales y explosivos, superados por todo tipo de contorsiones faciales y gestos corporales. A menudo me veo mirando la boca abierta de quienes se dirigen a mí, demasiado impresionado por su grotesco aspecto como para pensar en responder.

Sé que no sobreviviré al viaje y no me importa. Por mi experiencia con la gente del barco puedo ver cómo me iría en tierra en medio de la asombrosa Babel de una nación de conversadores. Amigos míos, ¡que Dios los bendiga! ¡Qué solo debería sentirme en su presencia! Es más, ¡qué satisfacción o consuelo, qué burla amarga podría hallar en una simpatía y un compañerismo tan humanos que bastan a otros y que me bastaron una vez a mí, que he visto y conocido lo que he visto y conocido! Ay, sí, sin duda es mucho mejor que muera, pero el conocimiento de las cosas que he visto no debe desaparecer conmigo. Por el bien de la esperanza, los hombres no deben perderse la visión de los peldaños más altos bañados por el sol de la escalera por la que suben con dificultad. Pensando así, he escrito un relato de mi maravillosa experiencia, aunque más breve, dada mi debilidad, de lo que convendría a la grandeza del asunto. El capitán parece honesto y bienintencionado, así que le confiaré el relato, encargándole que, cuando atraque, lo deje a salvo en manos de alguien que lo lleve al oído del mundo.

Nota. El alcance de mi propia conexión con el documento precedente está suficientemente indicado por el propio autor en el párrafo final. E. B.

EL HOMBRE SIN CUERPO

Edward Page Mitchell

En un anaquel del antiguo Museo del Arsenal en Central Park, entre colibríes, armiños, zorros plateados y periquitos de brillantes colores embalsamados, puede verse una espectral galería de cabezas humanas. Dejando a un lado al peruano momificado, al jefe maorí y al indio de cabeza chata, hablaré de una cabeza caucásica que me ha fascinado desde que, hace poco más de un año, se sumó a la siniestra colección.

Me sorprendió mucho la cabeza cuando la vi por primera vez. Me llamó la atención la inteligencia reflexiva de sus rasgos. El rostro es notable pese a carecer de nariz y a que las fosas nasales están en muy mal estado. También faltan los ojos, pero las cuencas vacías poseen su propia expresión. La piel arrugada se halla tan apergaminada que los dientes muestran las raíces en las mandíbulas. La boca ha sufrido los efectos de la descomposición, pero el resto muestra un fuerte carácter. Es como si dijese: «¡Salvo ciertas carencias de mi anatomía, he aquí a un hombre de grandes cualidades!».

Las facciones de la cabeza son teutónicas y el cráneo es el de un filósofo. Me chocó en especial la vaga semejanza de este rostro en ruinas con una cara que conocí antaño; un rostro cuyo recuerdo permanecía en mi memoria, pero que ahora no podía situar.

No me sorprendió mucho, al fin y al cabo, cuando tras un año de conocer a la cabeza, vi que reconocía nuestra relación y expresaba su aprecio por el interés amistoso que mostraba hacia ella guiñándome un ojo cuando me paraba ante su vitrina.

Sucedió un día en que yo era el único visitante. El fiel vigilante había salido a disfrutar una cerveza con su amigo, el encargado de los monos. La cabeza me guiñó por segunda vez, con más cordialidad si cabe. Contemplé sus esfuerzos con el goce crítico de un anatomista. Pude ver que el músculo masetero se arqueaba bajo la piel correosa. Vi el juego de los pterigoideos y el bello movimiento lateral de los músculos internos. Vi que la cabeza trataba de hablarme. Noté las contracciones convulsivas del músculo risorio y del zigomático mayor y supe que quería sonreír.

«He aquí —pensé— un caso de vitalidad tras la decapitación o un ejemplo de acción refleja sin un sistema diastástico o excitador-motriz».

En todo caso, el fenómeno carecía de precedentes y debería ser cuidadosamente observado. Además, la cabeza me manifestaba su buena disposición. Encontré en mi llavero la llave que abría la vitrina.

—Gracias —dijo la cabeza—. Un poco de aire puro es realmente una delicia.

—¿Cómo está? —pregunté educadamente—. ¿Qué se siente ante la falta del cuerpo?

Suspirando, la cabeza se sacudió con tristeza.

—Daría —dijo a través de su mutilada nariz y usando, obviamente, los tonos pectorales con economía—, daría ambas orejas por una sola pierna. Mi ambición es principalmente ambulatoria, pero no puedo hacerlo. No puedo ni dar saltitos o caminar como los patos. Me encantaría viajar, vagar, pasear, circular por los caminos de los hombres, pero estoy encadenado a este maldito anaquel. No estoy mucho mejor que esas cabezas de salvajes... ¡Yo, un científico! Debo quedarme aquí, sobre mi cuello, y ver a las gallinetas y cigüeñas a mi alrededor con sus patas. Mire las patas de esas aves y porfirios de cabeza gris. No tienen cerebro, ni ambición, ni anhelos, pero tienen patas, patas, patas, hasta decir basta. —Lanzó una mirada envidiosa hacia donde se veían las atormentadoras extremidades de las aves y agregó lúgubremente—: No queda de mí material suficiente para hacer un héroe de las novelas de Wilkie Collins.[16]

No sabía cómo consolarlo en algo tan delicado, pero le sugerí que quizá su estado tenía sus compensaciones por el hecho de no padecer los callos y la gota.

—En cuanto a los brazos —prosiguió—, ¡he ahí otra desgracia que sufro! No puedo espantar las moscas que se meten aquí, no se sabe cómo, en el verano. Tampoco puedo extenderme para darle un golpe a esa maldita momia de Chinook que está sentada allí mirándome con una mueca parecida a un muñeco de caja de sorpresas. No puedo rascarme la cabeza ni sonarme la nariz decentemente cuando me resfrío con esta maldita corriente. En cuanto a comer y beber, me da lo mismo. Toda mi alma está absorbida por la ciencia. Ella es mi novia y mi divinidad. Adoro sus huellas en el pasado y saludo el vaticinio de su futuro progreso. Yo…

Yo había oído expresar esos mismos sentimientos en otra época. Entonces encontré la explicación de por qué me resultaba familiar la cabeza, idea que me había acosado desde la primera vez.

—Perdón —dije—, ¿no será usted el célebre profesor Dumkopf?

—Ese es o, mejor dicho, era mi nombre —respondió dignamente.

[16] William Wilkie Collins fue un novelista inglés del siglo XIX al que se considera el padre de la novela policiaca.

—Y vivía en Boston, donde realizaba experimentos muy originales. Fue el primero en descubrir cómo fotografiar el olor, embotellar la música o congelar la aurora boreal. Fue el primero en aplicar el análisis espectroscópico de la mente.

—Esos fueron algunos de mis logros menos importantes —dijo la cabeza, sacudiéndose tristemente—, pequeños si los comparamos con mi invención final, el gran descubrimiento que fue mi mayor triunfo y mi ruina total porque perdí el cuerpo.

—¿Cómo ocurrió? —pregunté—. No me había enterado.

—No, como estaba solo y sin amigos, mi desaparición casi pasó desapercibida —dijo la cabeza—. Pero se lo contaré todo.

Se oyó un ruido en la escalera.

—Silencio… —exclamó la cabeza—. Viene alguien. No deben descubrirnos. Disimule.

Cerré corriendo la puerta de la vitrina y logré girar la llave a tiempo antes de que me viese el vigilante que regresaba. Fingí examinar con interés un objeto cercano.

El siguiente día festivo visité de nuevo el museo y le di al vigilante de la cabeza un dólar so pretexto de que me contase anécdotas sobre su cargo. Me acompañó por todo el salón, hablando sin cesar con gran soltura.

—Eso de allí —dijo cuando nos quedamos frente a la cabeza— es una reliquia de la moralidad. La donaron al museo hace quince meses. Es la cabeza de un asesino famoso guillotinado en París en el siglo pasado, señor.

Creí ver un leve tirón en las comisuras de la boca del profesor Dummkopf y una casi imperceptible depresión en lo que un día fue su párpado izquierdo pero, dadas las circunstancias, controló bastante bien su cara. Me deshice de mi guía dándole las gracias por sus inteligentes servicios y, como había anticipado, se fue en el acto a gastar en cerveza el dólar ganado con tanta facilidad, dejándome tranquilo para proseguir mi conversación con la cabeza.

—¿Cómo se les ocurre poner a ese alcornoque —dijo el profesor cuando hube abierto la puerta de la prisión de vidrio— a cargo de una porción, aunque sea diminuta, de un científico, del inventor del Telepompo ¡París! ¡Asesino! ¡El siglo pasado! ¡Qué majaderías! —exclamó la cabeza estremeciéndose de risa de tal modo que temí que se cayese.

—Acaba de mencionar su invento, el Telepompo —sugerí.

—Ah, sí —dijo la cabeza, recobrando su seriedad y su centro de gravedad al mismo tiempo—. Prometí contarle cómo llegué a ser el hombre sin cuerpo. Verá. Hace tres o cuatro años descubrí el principio de la transmisión del sonido mediante la electricidad. Mi teléfono, como lo denominé, habría sido muy práctico si se me hubiesen dejado presentarlo al público. Pero ¡ay!

—Perdone la interrupción —dije—, pero debo decirle que otra persona ha inventado lo mismo hace muy poco. El teléfono ya es una realidad.

—¿Han llegado más lejos aún? —preguntó con ansiedad—. ¿Han descubierto el secreto de la transmisión de átomos? En otras palabras, ¿han realizado el Telepompo?

—No me he enterado de nada parecido —le aseguré—. Pero ¿qué es eso?

—Escúcheme —dijo—. Durante mis experimentos con el teléfono comprendí que el mismo principio tenía una capacidad infinita de expansión. La materia está formada de moléculas y estas por átomos. El átomo, como sabe, es la unidad del ser. Las moléculas difieren según la cantidad y la disposición de átomos que las forman. Los cambios químicos se efectúan disolviendo los átomos en las moléculas y sus disposiciones en moléculas de otro tipo. Esta disolución puede realizarse por afinidad química o mediante una corriente eléctrica de suficiente potencia. ¿Me sigue hasta aquí?

—Perfectamente.

—Entonces, continuando con estas ideas, concebí una gran teoría. No existían impedimentos para que la materia pudiese ser telegrafiada o, para ser etimológicamente precisos, telepompeada. Hay que desintegrar las moléculas en átomos en un extremo de la línea y llevar las vibraciones de la disolución química mediante la electricidad hasta el otro extremo, donde podría realizarse su reconstrucción a partir de otros átomos. Dado que todos los átomos son parecidos, sus disposiciones moleculares son del mismo orden y es posible ordenar esas moléculas de modo similar al original, sería prácticamente una reproducción del original. Sería una materialización, no en el sentido de los espiritistas, sino en todo el verdadero sentido y la lógica de la ciencia seria. ¿Aún me sigue?

—Es un poco más oscuro ahora —dije—, pero creo entender el concepto general. Telegrafiaría la idea de la materia, por usar la palabra idea como la definía Platón.

—Eso es. La llama de una vela es la misma llama aunque el gas en combustión cambie sin cesar. Una ola en la superficie del agua es la misma, aunque el agua que la compone se modifique conforme se desplaza por el mar. Un hombre es el mismo, aunque no exista en su cuerpo ninguno de los átomos que lo formaban cinco años atrás. Lo esencial es la forma, la idea. Las vibraciones que individualizan la materia pueden ser transmitidas a una distancia por un hilo igual que las vibraciones que individualizan el sonido. Así construí un instrumento con el que podía deshacer la materia, por así decirlo, en el ánodo y reconstruirla con el mismo plan en el cátodo. Este era mi Telepompo.

—Pero en la práctica, ¿cómo funcionaba el Telepompo?

—¡Perfectamente! En mis habitaciones en Joy Street, en Boston, tenía unos ocho kilómetros de hilo de cobre. No tuve dificultad para transmitir compuestos sencillos como cuarzo, almidón y agua, de una habitación a la otra a través de esta bobina de ocho kilómetros de largo. Jamás olvidaré la alegría que sentí cuando logré desintegrar un sello de correos de tres centavos en una habitación y lo hallé reproducido en el instrumento receptor situado en otra. Aquel éxito con la materia inorgánica me animó a hacer lo mismo con un organismo vivo. Atrapé a un gato atigrado y le apliqué una fuerte corriente de una batería de doscientas cubetas. El gato desapareció en un santiamén. Corrí a la habitación de al lado y, para mi gran satisfacción, allí estaba Thomas, así se llamaba el gato, vivo y ronroneando, aunque un poco asombrado. El instrumento funcionó como un encantamiento.

—Sin duda muy notable.

—¿A que sí? Después de mi experimento con el gato, se me ocurrió una gran idea. Si podía transmitir un felino, ¿por qué no una mano? Si podía transmitir por el hilo un gato a una distancia de ocho kilómetros mediante la electricidad en un momento, ¿por qué no transmitir un hombre a Londres por el cable transatlántico con la misma celeridad? Resolví dar más potencia a mi batería y hacer el experimento. Como soy un concienzudo adorador de la ciencia, decidí probar el aparato en mí mismo.

»No quiero entrar en detalles sobre esa parte de mi experimento —prosiguió la cabeza, enjugando con un guiño una lágrima que había corrido hasta su mejilla y que yo sequé suavemente con mi pañuelo—. Basta con decir que tripliqué las cubetas de mi batería, extendí el hilo de cobre sobre los tejados hasta mis habitaciones en Phillips Street, preparé todo y, con mucha calma, pues confiaba en mi teoría, me puse en el instrumento receptor del Telepompo en mi oficina de Joy

Street. Estaba seguro de que, cuando hiciese la conexión con la batería, aparecería en mis habitaciones de Phillis Street, tan seguro como de que llegaría vivo. Después, levanté la clavija de la electricidad y ¡ay!

Durante unos instantes mi amigo no pudo hablar. Pero, con un visible esfuerzo, continuó su narración.

—Se desintegraron primero mis pies y entonces empecé a desaparecer lentamente ante mis propios ojos. Se esfumaron las piernas, a continuación el tronco y luego los brazos. Vi que algo iba mal por la extremada lentitud de mi disolución, pero no podía hacer nada para remediar la situación. Finalmente desapareció mi cabeza y perdí el sentido. Según mi teoría, al ser mi cabeza lo último en desaparecer, debería haber sido lo primero en materializarse en el otro extremo del hilo. La teoría quedó confirmada por los hechos. Recobré el sentido y abrí los ojos en mi apartamento de Phillips Street. Estaba materializándose la barbilla y vi con gran satisfacción que mi cuello tomaba forma. De pronto, más o menos a la altura de la tercera vértebra, se detuvo el proceso. Comprendí en un instante el motivo. Había olvidado rellenar las cubetas de mi batería con ácido sulfúrico y no había suficiente electricidad para materializar el resto de mi cuerpo. Era una cabeza y mi cuerpo estaba Dios sabe dónde.

No traté de ofrecerle consuelo. Las palabras habrían parecido una burla ante el doloroso aprieto del profesor Dummkopf.

—¿Qué importa el resto de mi relato? —continuó con tristeza—. La casa de Phillips Street estaba llena de estudiantes de medicina. Supongo que algunos vieron mi cabeza y, sin saber nada de mí, o del Telepompo, se la quedaron para sus estudios anatómicos. Supongo que tratarían de preservarla con preparados de arsénico. Mi nariz defectuosa demuestra el mal resultado del trabajo. Supongo que pasé de un estudiante a otro y de un gabinete de anatomía a otro hasta que algún bromista me donó a esta colección, como un asesino francés del siglo pasado. Durante unos meses permanecí ajeno todo, hasta que recuperé el sentido y me encontré aquí.

»¡Así es la ironía del destino! —añadió la cabeza con una risa áspera y seca.

—¿Hay algo que pueda hacer por usted? —pregunté tras una pausa.

—Gracias —repuso la cabeza—. Puede decirse que me siento tolerablemente alegre y resignado a mi suerte. He perdido casi todo mi interés en la ciencia experimental. Estoy aquí todos los días, observando objetos de interés zoológico, ictiológico, etnológico y conquiliológico tan abundantes en este admirable museo. No se me ocurre nada que pueda hacer por mí. Quédese —añadió mientras su vista se posaba una vez más en las exasperantes patas de las aves zancudas de enfrente—. Si hay algo que realmente necesito, es ejercicio al aire libre. ¿No podría hacer algo para sacarme a pasear?

Confieso que me quedé algo asombrado por la petición, pero prometí hacer lo que pudiese. Tras deliberar un poco, tracé un plan que se llevó a cabo de la siguiente manera:

Regresé al museo esa tarde, poco antes de la hora de cierre, y me escondí detrás de la enorme vaca marina o *Manatus Americanus*.[17] El vigilante, tras una somera inspección de toda la sala, cerró el edificio con llave y se marchó. Salí entonces de mi escondite osadamente y saqué a mi amigo de su sitio. Con un trozo de cuerda resistente sujeté con fuerza una o dos de sus vértebras al espinazo sin cabeza del esqueleto de un dinornis.[18]

[17] Manatí

[18] Moa gigante. Fue un ave de Nueva Zelanda parecida al avestruz, que medía más de 3 metros y pesaba más de 250 kg. La llegada de los maoríes a las islas provocó su extinción debido a que cazaban estas aves para alimentarse. Se calcula que en el año 1500 ya no quedaba ninguna.

Este enorme ave extinguido de Nueva Zelanda tiene gruesas patas, un buche abultado y es más alto que un hombre y de grandes patas extendidas. Provisto de piernas y brazos, mi amigo manifestó una extraordinaria alegría. Se dedicó a pasearse, golpear el piso con sus patazas, a agitar las alas y a ratos estallaba en un divertido chancleteo. Tuve que recordarle que debía acordarse de la dignidad de la venerable ave cuyo esqueleto había tomado prestado. Despojé luego al león africano de sus ojos de vidrio y los metí en las cuencas vacías de la cabeza. Ofrecí también al profesor Dummkopf una lanza guerrera de Fiyi para que le sirviese de bastón, lo cubrí con una manta siux y salimos del antiguo arsenal hacia la fresca brisa nocturna, bañada por la luz de la luna, y paseamos del brazo sin rumbo fijo a por las orillas del lago sereno y por los senderos laberínticos de la Rambla.

ÍNDICE